目次

contents

画・ナムーラミチヨ（書肆まひまひ）

子規、柿喰らう

子規、柿喰らう

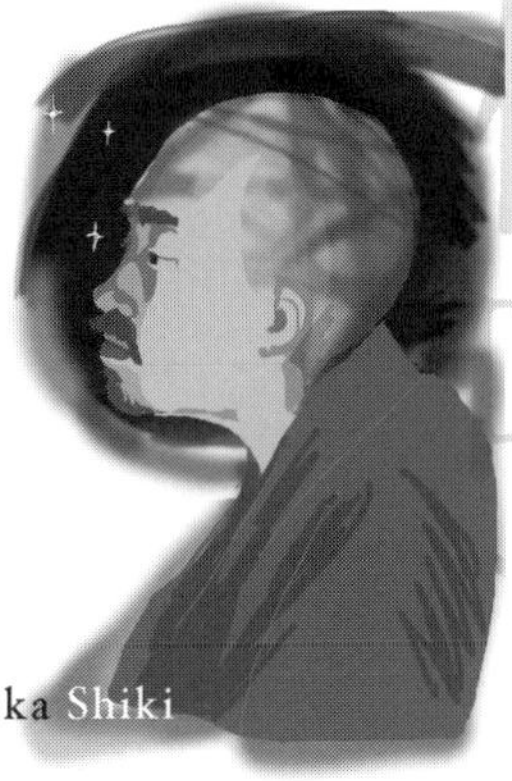

Masaoka Shiki

正岡子規

（慶応三年—明治三十五年）

近代俳句の一番バッターは希代の大食漢。呆れるほどの食欲は、俳句革新運動のエネルギー源か。

正岡子規（本名・常規）の随筆はどれも面白いが、病床についてからの『墨汁一滴』や『病床六尺』が最も一般に知られたものだろう。これらを「日本」紙上に発表していたころ、同時進行のかたちで、公開するつもりのない『仰臥漫録』と題された日録も書き継いでいた。「仰臥」というから、仰向けの不自由な姿勢で、綴じた半紙に毛筆で記したのである。数年前にその現物が発見されて、話題になった。

内容は日々の出来事や俳句作品、気ままに描いた水彩画などだが、なんといっても異様なのは、めんめんと綴られた食べ物の話や毎日の献立。たとえば明治四十三年九月三十日の冒頭には次のようにある。

朝　ぬく飯三わん　佃煮二種　奈良漬（茄子）
　牛乳五勺　菓子パン　塩せんべい
午　かじきのさしみ　粥三わん　みそ汁（実は茄子）　なら漬　林檎一ケ半

便通及ほーたい取替
体温卅七度二分
夕　鰆一切（十銭）小松菜ひたしもの　なら漬（瓜）　粥三わん　葡萄一ふさ
夜　菓子パン

このような記述が、ほぼ毎日のように続く。そのころの子規の体の状態はというと、「穴が凡てゞ八つも開いて腰のあたりが蜘蛛の巣のやうになる。其穴の口が爛れて皮がとれる。胃がわるくなつて食物がまづくなる。肛門の筋肉がいふ事をきかぬ。頭がもや〳〵する。歯が折れる。齦《はぐき》が化膿をする。眼が痛くなる。満足なのは頭の毛と踵の皮といふやうになつて」（河東碧梧桐）といったありさまで、脊推カリエスによって全身ボロボロになっていたのである。気丈で知られた夏目漱石夫人・鏡子でさえも見舞いに行ってから二、三日は食事が喉を通らなかったというほどの悲惨な病床だった。

こんな状態で、好きなものを好きなだけ食べれば、悶絶の苦しみを味わうことになる。結核には食事が大切な養生法であるにしても、重病人にしてこの摂食そして食欲は常軌を逸している。一日の摂取熱量は三〇〇〇カロリーに迫り、食費は家計の四割

に達したという。

この前日の二十九日には「死ぬるまでにもう一度本膳で御馳走食ふてみたいなどといふて見たところで今では誰も取りあはないから困つてしまう。もしこれでもう半年の命といふことにでもなつたら足のだるいときには十分按摩してもらふて食ひたいときには本膳でも何でも望み通りに食はせてもらふて〈略〉何でも彼でも言ふほどの者が畳の縁から湧いて出るといふやうにしてもらふ事が出来るかも知れない」と書く。このとどまるところを知らない、あさましいといってもいいほどの食欲、食への執着は、いったいどこからくるのだろうか。

明治二十八年、子規は周囲の反対を押し切って、日清戦争に記者として従軍する。しかしはかばかしい成果は得られず、おまけに帰国の船中で喀血。そのため神戸、須磨で療養してから、松山に帰郷し、漱石の下宿に移る。そこに二ヶ月ほど滞在し、漱石に十円の借金をして帰京するのであるが（そのとき「行く我にとゞまる汝に秋二つ」という名高い留別の句をつくる）、その途中、大阪・奈良に遊んで、国民的名作というべき次の句をつくるのである。

柿くへば鐘が鳴るなり法隆寺

「法隆寺の茶店に憩ひて」と前書があるが、この鐘は実際には「奈良次郎」と呼ばれていた東大寺のもので、法隆寺としたのは子規の演出である。しかしこの演出は見事に決まった。あまりにも人口に膾炙してしまったので、今では凡庸とさえ感じさせる句だが、改めて冷静に読めば、やはり非凡と言わざるを得ない名句である。

河東碧梧桐がこの句に対して、「柿食ふて居れば鐘鳴る法隆寺」となぜ言えなかったのだろうと批評を加えている。しかしこの評はあたらない。碧梧桐は、ありふれた素材を平易に詠み下すところに子規俳句の本領があると考えていたらしい。そこからすると、この「くへば」にわざとらしさを感じたのだろう。子規はこれに対して「これは尤もの説である。しかしかうなるとやや句法が弱くなるかと思ふ」（『病床六尺』）と反論している。確かに「食ふて居れば」では、俳句的な飛躍が乏しく楽しめない。柿を食うことと鐘の音との間の、あるがなきかの因果関係が面白いのであって、だからこそ「法隆寺」が生きてくるのである。

同じときに「柿落ちて犬吠ゆる奈良の横町かな」「渋柿やあら壁つゞく奈良の町」

などもつくっている。柿と奈良の取り合せはよほど本人も気にいったらしい。「柿などといふものは従来詩人にも歌よみにも見離されてをるもので、殊に奈良に柿を配合するといふ様な事は思ひもよらなかつた事である。余は此新らしい配合を見つけ出して非常に嬉しかつた」（「くだもの」）と書いているように、柿は用材や貴重な甘味として用途の多い木のわりには卑近なものとされ、とくにその実が和歌などに詠われることは稀だった。柿渋で染めた衣服は身分の低い人々、社会の底辺に生きる人々によく着られたというのも、その反映だろう。そのような存在を俳句の対象にできたことに、手放しに子規は喜んでいるのである。子規にとって、この古寺の鐘の音は、俳句の神様からのご褒美の音のように聞こえたかもしれない。

あたゝかな雨がふるなり枯葎

若鮎の二手になりて上りけり

さゝ波をおさへて春の氷哉

ほんのりと茶の花くもる霜夜かな

鞭あげて入日招くや猿まはし

赤蜻蛉筑波に雲もなかりけり

一桶の藍流しけり春の川

芥子咲いて其日の風に散りにけり

六月を奇麗な風の吹くことよ

夏草やベースボールの人遠し

啼きながら蟻にひかるゝ秋の蝉

砂の如き雲流れ行く朝の秋

いくたびも雪の深さを尋ねけり

雪残る頂一つ国境

鶏頭の十四五本もありぬべし

下総の国の低さよ春の水
紅梅の落花をつまむ畳かな
糸瓜咲て痰のつまりし仏かな

これらの旧弊を脱したみずみずしい句をつくるとともに、俳句革新運動に邁進し、新時代の俳句を担うことになる多くの俳人を育てることに、その短い生涯を捧げた子規にとって、この「柿食へば」の句は、案外に重い意味をもっているのである。その尋常ではない食欲が、肉体存在としての自己への果敢な挑戦だとすれば、俳句革新を掲げ、旧弊な俳句に挑みかかっていくその姿勢も尋常でないといえば尋常ではない。この二つのベクトルの幸福な一致点に立つのが、この柿の句ではないだろうか。

二年後に「三千の俳句を閲し柿二つ」、明治三十四年に「柿くふも今年ばかりと思ひけり」をつくり、翌年、柿が出回るにはまだ少し早い九月十九日に、三十五歳にして、不帰の客となる。

Takahama Kyoshi

虚子、冠婚葬祭す

高浜虚子（明治七年—昭和三十四年）

虚子、冠婚葬祭す

俳人の生きる道は弟子を持つこと
名声獲得のショートカットは人間関係の構築だ

正岡子規の「ホトトギス」を継承したのは高浜虚子（本名・清）。継承とはいっても、それを巧妙に自らを主宰者とした結社誌に変質させていくのだが、その彼が昭和二十一年に贈答句ばかり二八〇句を四季別に分類して収めた『贈答句集』なるものを出している。岩波文庫版『虚子句集』にも、「慶弔贈答句」という一章がもうけられている。

いっぱしの俳人ともなれば、人づき合いのさまざまな折に、色紙や短冊に自作を揮毫するといった機会は多い。虚子ほどのビッグネームともなれば、その機会はかなりのものだったことは容易に想像がつく。しかしそれにしても、贈答句だけで一冊の句集を編むなどというのは、いかにも虚子である。刊行年にも注目してほしい。日本が疲弊のどん底にあった昭和二十一年。このあたりも実に虚子である。

その『贈答句集』の序で彼は言う。「贈答の句、慶弔の句の如きものは他の意の加はつたものであるから純粋の俳句といふことは出来ないかも知れない。然し、それでゐて平凡な句であつてはならない。他の意味も十分に運び而も、俳句としてみてもなほ存立の価値があるといふものでなくてはならぬ。そこが普通の俳句よりもむづかしいと言へば言へぬこともない」。

「他の意が加はつたもの」とは、その俳句をさし上げる相手への挨拶という主観的な意志が、俳句そのものをつくる作業とは別に、それに加わるかたちではっきり存在するということである。それを抜きにはできないということである。それは定型という枠がすでにあるなかに、さらにもうひとつ枠をつくるに等しい。なのにどうして虚子が、これほど、俳句としてはつくりにくく、成功率も低い慶弔贈答句、広くいう挨拶句に力を入れたかというと、俳人としての勢力拡大に、それが欠かせないものだったからである。単につき合いでつくったといった程度のものではない。俳人・高浜虚子というあり方と切り離せないものとしてそれはあった。ともあれ、その現物を見てみたい。

紅緑子の笠に題す

陽炎にかたまりかけてこんなもの

偶々新婚を携へたる内藤湖南の、鎌倉角正に室を異にして同宿せるを知り、戯れに句を送る

先づ女房の顔を見て年改まる

九月十四日。在修善寺。東洋城より電報あり。曰、センセイノネコガシニタルヨサムカナ　トヨ

漱石の猫の訃を伝へたるものなり。返電。

ワガハイノカイミヨウモナキスゝキカナ

高商卒業生を送る

これよりは恋や事業や水温む

嘲吏青嵐

人間吏となるも風流胡瓜の曲るも亦あ

女児を失し木国に

とめどなき涙の果ての昼寝かな

退官せし横田前大審院長に

清閑にあれば月出づおのづから

佐藤眉峰結婚
而して蝿叩きさへ新しき

三世中村歌右衛門建碑式
今の世も月明かに百年忌

碧梧桐追悼
たとふれば独楽のはぢける如くなり

永田青嵐逝く
交りは薄くも濃くも月と雲

故郷の池内、高浜両家の墓掃除を依頼しある波多野晋平におくる
どこの蚊が最も痛き墓詣

三笠宮殿下御誕生日祝句
笹鳴を愛で給ひつつ生れましし

杣男大橋清太郎君を御支援願ひます
杣男とは春の山路を行く男

播水、八重子結婚三十周年祝句
地球一万余回転冬日にこにこ

切りがないので、これくらいにする。何のためにつくられた句なのかは、前書でわかると思うが、「杣男とは」は選挙応援のための句。この中で、代表句とされるものに入るのは「たとふれば」くらいで、その多くは平々凡々。駄句といわれてもしかたのない句も混じる。それでも、なにはもあれ〝虚子の句〟である。虚子先生、御手自ら下される句の有難さはたとえようもないのである。

俳句を定義するのに、山本健吉のいった「挨拶」をもち出す人が多い。虚子はそれを「存問」と言ったが、いずれにしても一句自立をめざすよりも、他者との関係の中に俳句の存在理由を見出そうとする姿勢は、「俳句」が「俳諧（連句）」であった昔に戻ろうとするのに等しい。泉下の正岡子規の嘆きはいかばかりかと思うが、虚子には虚子なりの見通しと戦略に立った上でのことだったろう。

それは、あくまで「俳句で食べていく」ということである。文筆で身を立てようと取り組んだ小説では、時流に合わずに挫折。やはり俳句でいくしかないと腹をくったときに、俳句を文学たらしめようと苦闘した師・子規の意志に反することを承知しながら、虚子はこのような保守的な方向に自らの俳句の軸をきるのである。それはできるだけたくさんの弟子をつくること、つまりは江戸の昔の「宗匠」に戻ることであり、自らの結社経営に家元制を導入し、主宰を世襲することだったのである。

遠山に日の当りたる枯野かな
桐一葉日当りながら落ちにけり
鎌倉を驚かしたる余寒あり
白牡丹といふといへども紅ほのか
わたつみに物の命のくらげかな
流れ行く大根の葉の早さかな
草抜けばよるべなき蚊のさしにけり

大いなるものが過ぎ行く野分かな

大寒や見舞に行けば死んでをり

日のくれと子供が言ひて秋の暮

茎右往左往菓子器のさくらんぼ

爛々と昼の星見え菌生え

海女とても陸こそよけれ桃の花

去年今年貫く棒の如きもの

春の山屍をうめて空しかり

このように虚子の代表句を見ていけば、彼が大作家だったことは疑いようがない。

しかし、そのことと結社経営は別次元の問題。虚子はそれにきわめて自覚的だった。

だからこその成功である。そのことが俳句というかたちで表われたものが、この慶弔贈答句群といえるのではないだろうか。たくさんの弟子たちとの関係を緊密に保ち、俳壇や文壇のみならず政財界にも強いパイプをもつことを誇示し、その政治勢力を拡大していくために必要不可欠だったのが、その膨大な慶弔贈答句だったのである。

Kawahigashi Hekigotou

旅する碧梧桐

河東碧梧桐（明治六年—昭和十二年）

旅する碧梧桐

旅に求めた俳人の夢とは？
時代思潮に揉まれながら手にした栄光と悲惨。

漂泊・流浪や貴種流離譚といったものと文芸意識との強い結びつきは、俳句のみならず日本の文学全体を特徴づけるもののひとつである。とりわけ俳句と旅とは切っても切れない関係にある。なにしろ俳聖芭蕉が漂泊の旅に出ることがなければ、今日の俳句は存在しなかったのである。

明治に入ってから、とくに旅と深く関係した俳人といえば、まず河東碧梧桐（本名・秉五郎）が挙げられるだろう。彼ほど意識的に旅をした近代の俳人はいない。そして、その弟子筋からは、山頭火という旅することと俳句をつくることが、渾然一体化してしまったような俳人も出現しているのである。

碧梧桐の年譜をたどっていくと、いかに精力的に日本全国を歩き回ったかが一目瞭然。とくに明治三十八年から四十四年にかけての二次にわたる全国行脚（『三千里』『続三千里』）での足跡は、北海道から沖縄にまで及んでいる。また大正に入ってからは、中国やヨーロッパ、アメリカへ長期間の外遊もしている。同時代、これだけ旅に明け暮れていた俳人は彼をおいていない。

　生涯をジャーナリストとして過ごしたことや、俳壇での勢力拡大のためといった理由もあるが、「人生百般のこと、生活の背景がなければ、総て無意義であり、又空虚である」（『新傾向句の研究』）とし、あくまでも社会と積極的に関わっていく「接社会的態度」を、俳句づくりにも求めたことも大きく関係しているだろう。また、そこには当時、興隆期にあった自然主義文学運動の強い影響もうかがえる。というよりも、碧梧桐もまた島崎藤村や國木田独歩と同じ文学的地盤に立っていることを感じるのである。そして藤村や独歩においても、旅は重要な意味をもっていた。

　日本における自然主義文学運動は、三十九年の島崎藤村の『破壊』の発表をもって本格的に始まるとされるが、それは自然主義といいながら、浪漫主義的傾向の強いもので、因襲を打破し、個人の内面、自我意識をなによりも尊重し、自己に倫理の基礎を求めるといったものであった。そして、社会における形式的な道徳にとらわれず、また積極的な社会批判にも関わらないといった特徴をもっていた。それはそっくり碧梧桐の俳句にも重ね合わせることができるのである。

　碧梧桐の作品を目にする機会は、最近、めっきり減ったような気がする。選集やアンソロジーの類いでも、ほとんど黙殺の観がある。子規門の双璧として虚子と並び称されるどころか、一時期は虚子をはるかにしのぐ声望を得ていたことが嘘のようだ。それにはもちろん、後年「無中心論」を唱え、俳句の定型性を逸脱していった彼自身にも大きな責任はある。でも、すっかり右傾化、保守化してしまい、波風をたてることを嫌う近ごろの俳壇の風潮を反映しているのも間違いないだろう。

手負猪萩に息つく野分かな
行水を捨て、湖水のさゝ濁り
桃さくや湖水のへりの十箇村
春寒し水田の上の根なし雲
秋風や道に這ひ出るいもの蔓
赤い椿白い椿と落ちにけり
白足袋にいとうすき紺のゆかりかな

強力の清水濁して去りにけり

から松は淋しき木なり赤蜻蛉

ひや〳〵と積木が上に海見ゆる

馬独り忽と戻りぬ飛ぶ蛍

思はずもヒヨコ生れぬ冬薔薇

空をはさむ蟹死にをるや雲の峰

旅すればものゝうれしき柳かな

相撲乗せし便船のなど時化となり

明治二十四年から四十三年にかけての、子規を強く意識していた時期の作品である。まだ自然主義の影響はないが、これらのほとんども旅中でつくられたものである。子規は碧梧桐の作品を「印象明瞭なる句」と評したが、その印象明瞭さは、百年以上隔

てた今日読んでも薄れていないと思う。季語を使っても、その伝統的美感に依存するのではなく、介在物なく、そのものとピュアーに向き合うといった姿勢が明かに見てとれる。この態度は、もちろん子規に学んだものである。

碧梧桐にとっての旅は、日常生活の澱みを振り払い、このピュアーな感覚や姿勢をとぎすまし、保ち続けるという意味もあったのではないだろうか。それは歌枕をたどる芭蕉の旅や職業俳人として指導料をあてに各地を巡った一茶などの旅とは、明かに異なる近代の俳人のものだった。

碧梧桐がなぜ最近は不人気なのか。ひとつには勝者・虚子に対する敗者・碧梧桐といった図式の中で見られるためでないだろうか。確かに、還暦を機に「それは純然たる芸術に関する私だけの所期によるものでありまして、創作的実質の伴なはない空名虚位に甘んずべきでないといふ、むしろ当然な批判に立つての進退でありました」(「優退辞」)という敗北宣言をして、俳壇を去る碧梧桐の作品がバイアスのかかった見方をされるのはやむを得ない面もあるだろう。そして、結社経営で成功した虚子が正しく、人は多きにつくという世のことわりを確認することになるが、そのことと俳人とその作品の純然たる評価は別問題である。

少なくとも僕にとって彼の作品は、近代の俳句としての充分な魅力と、そして苦渋に満ちたものであり続けている。「たしかに『印象明瞭』にちがいないけれども、『印象』の一時的な『明瞭』さはすぐに心の片隅で消え去ってしまうのみで、私たちの心の内奥に響いてくるものは驚くほど少ない」（夏石番矢）といった見方をしてしまうのは、多分に敗者・碧梧桐というフィルターを通して見るためではないだろうか。

又たただの一人になりぬさみだれん
蝶そそくさと飛ぶ田あり森は祭にや
干足袋の夜のまま日のままとなり
大きな長い阪を下り店一杯なセル地
芙蓉見て立つうしろ灯るや
外套の手深く迷へるを言ひつつまず
曳かれる牛が辻でずつと見廻した秋空だ

ミモーザを活けて一日留守にしたベッドの白く

浴衣著てあぐらかくそれぎりなのだ

酒をつぎこぼるる火燵蒲団の膝に重くも

彼の後期の作品は、このように俳句の定型性をどんどん逸脱していく。韻文であることには目を向けず、散文のもつ多元性や複雑さを持ち込もうとして、破綻をきたす。自然主義の影響を強く受けてからの碧梧桐は、俳句における定型性を個性の発露を阻害するものととらえた。しかし、それは俳句という表現を可能とする装置でもあるのだから、その考えは独断と言われてもしかたがない。しかし結局、本人もそのことを認めて、俳句の筆を折っているのだから、それなりにクリアーな俳人の生涯を見せてくれていると思うのである。

師の子規は碧梧桐に劣らぬ旅好きであった。おそらく病いに倒れることがなければ、碧梧桐以上に旅をしたに違いない。そして碧梧桐に勝るとも劣らないラジカルな生涯を送ったかもしれないのである。

憂国不惜之士鬼城

憂国不惜之士鬼城

Murakami Kijou

村上鬼城

（慶応元年―昭和十三年）

没落士族、そして自由民権運動での挫折体験。人はなぜ俳句を選ぶのか。

大正初期のホトトギス第一期黄金時代は、渡辺水巴、村上鬼城、飯田蛇笏、前田普羅、原石鼎らによって築かれるわけだけど、この中でとくに村上鬼城（本名・荘太郎）は「境涯俳人」と評されることが多い（大須賀乙字「古来境涯の句を作った者は芭蕉を除いて僅かに一茶あるのみ。……然るに、明治大正の御代に出でて、能く芭蕉に追随し一茶よりも句品の優つた作者がある。実にわが村上鬼城其の人である」『鬼城句集』序文）。

俳句における「境涯」の問題は、俳句も含めたあらゆる人間の当為で「人がこの世に生きていく上で置かれている立場、地位など、境遇。身の上」（小学館『日本国語大辞典』）の影響を受けないものはないわけだから、境涯俳人というだけでは格別のことをいったことにはならない。ただ、作品に作者の身の上や境遇が色濃く影を落とし、それを読者も感知しやすいという意味では、鬼城を境涯俳人と呼ぶことは間違いではないかもしれない。しかし、仔細にかつよく作品に寄り添って、その作品を読んでみると、一人の人間の身の上をつき抜けた、より広い普遍的な世界に達しているものも多く、彼をいちがいに境涯俳人と決めつけることには抵抗がある。

小春日や石を噛み居る赤蜻蛉
雹晴れて豁然とある山河かな
治聾酒の酔ふほどもなくさめにけり
己のが影を慕うて這へる地虫かな
ゆさ〳〵と大枝ゆるゝ桜かな
世を恋うて人を怖るゝ余寒かな
夏草を這上りたる捨蠶かな
五月雨や起きあがりたる根無草

親よりも白き羊や今朝の秋
今朝秋や見入る鏡に親の顔
闘鶏の眼つぶれて飼はれけり
笑ふ時老いたる顔や白扇
痩馬のあはれ機嫌や秋高し
冬山の日当るところ人家かな
冬蜂の死に所なく歩行きけり
生きかはり死にかはりして打つ田かな
蕪村忌や師走の鐘も合点だ
川底に蝌蚪の大国ありにけり
春寒やぶつかり歩く盲犬

念力のゆるめば死ぬる大暑かな

つめたかりし蒲団に死にもせざりけり

春の夜や泣きながら寝る子供達

「治聾酒」は春の社日に酒を飲むと、耳がよく聞こえるようになるという風習。代表作をざっと読んだ印象は、地味で色香や華麗さには乏しいが、小動物などへの憐憫の情、人間へのシニカルではありながら、どこか暖かさを失わないまなざしといったものである。直接に彼の生活や境遇を感じさせるようなものは、案外に少ない。たとえば、虚子の名高い「遠山に日の当りたる枯野かな」という句に対して、彼は「冬山の日当るところ人家かな」と詠む。虚子の句のもつ荒涼さとは対照的に、鬼城は人家に日を当てることで、家を離れることのできない人間に一種の救いを与えている。「遠山に暖き里見えにけり」という句もつくっている。どこまでも人間性の温みといったものを、彼の句は失わないのである。

鬼城俳句の境涯性は、その苦労の絶えなかった生涯を背景に説明されることが多い。まず、十八歳のとき、陸軍士官学校の一次試験に合格するが、悪化した耳疾のために軍人になることを断念。こんどは司法官をめざして東京に遊学するが、これもやはり耳疾のために断念。やむなく父親の勤務していた高崎裁判所に薄給の代書人（司法書士）として勤め、二男八女を育て上げる。結婚は三回。そして二度目の妻スミが病没し、家屋敷が差し押さえにあったり、とくに生活が困窮していた明治二十五年ころから、本格的に俳句をつくり始めているから、彼の俳句づくりの動機に、その苦しい生活から逃れようという焦燥があったのは、間違いのないところだろう。「コウなつてくると妙なモンで、詩歌といふものが人間に必要なものになる。人は知らないが、僕には弱い音を吐く為めに必要になツてきて、何ンとか胸中のムシヤ〳〵をいゝあらはさうとする。此虚に乗じて前に聞きかぢツた「カナ」「ケリ」殿がソロ〳〵頭をも擡げ始めて、一句二句やツて見る気になツた」（「ホトトギス」明治三十五年十月）と本人も書いている。「カナ」「ケリ」は俳句をさした言い方。

しかし、鬼城の作品にうかがえる境涯性というよりも、精神的な背景というものを考えた場合、俳句をつくっていたころの彼の境遇よりも、俳句をつくり始める以前の二十代までの体験の方がより大きな意味をもっているように思われる。

まず祖父、父は鳥取藩士だった。奉禄五百石、後に三百五十石取というから、中堅上士、上級武士である。祖父は大坂御蔵奉行も勤めた。慶応元年に鳥取藩の江戸屋敷に生まれた鬼城は、袴着や御目見などをすませ正式に鳥取藩士になっていたと思われる。軍人を志望したのも、武士としての矜持をもち続けていたことの現われとも考えられる。つまり、鬼城は明治にはいってからの没落階級に属していたのである。子規は二歳下、虚子は九歳下だから、そのもつ意味は彼らよりもずっと大きかったと思う。

さらにもっと重要だと思うのは、十代での自由民権運動での挫折体験である。それは彼の精神形成にかなりの影を落としているのではないだろうか。鬼城が九歳から終焉まで住んだ群馬県高崎市は、自由民権運動がきわめてさかんだった地で、多くの闘士を輩出した。明治十四年、自由党を結成したばかりの板垣退助などによる演説に感銘したと考えられる彼は、自らも聴衆の前で、民権擁護の演説をしたようだ。というのは『紅顔』と題する演説草稿が残されているからである。そこには「憂国不惜之士村上荘太郎」（村上荘太郎は彼の本名）「放胆壮士」といった国士ぶった署名が見られるという（中里昌之『村上鬼城の研究』）。

自由民権運動後の精神状況を中村光夫は次のようにいう。「ここにやがて出現する実利と出世主義の支配する軍国主義国にたいして、自由と民権の幻は、維新の気風をうけついで青年たちが生命をかけるに足ると信じた最後の理想であったので、それが失われたのち、消しがたい形でのこされた精神的空白は、やがて政治小説とはまったく違った形で、表現の道を見出しました」(『明治文学史』)。また柄谷行人は「フロイト流にいえば、政治小説または自由民権運動にふりむけられていたリビドーがその対象をうしなって内向したとき、『内面』や『風景』が出現したといってもよい」(『日本近代文学の起源』)という。

明治政府が意図する絶対主義的な天皇制国家に対して、民主主義的な立憲制国家をつくろうとしたこの運動の高揚と挫折は、若き日の鬼城にとって、はかり知れない大きな精神的、内面的な意味をもったはずである。彼の作品にみられる自分も含めた虐げられるもの、弱きものへのシンパシー、またそこから生じるペーソス、あるいは庶民性などには、このような若き日の精神遍歴が背景にあったのではないだろうか。

人はなぜ俳句を選ぶのか。そのきっかけに境涯があるにしても、その道筋は複雑に屈折し、表面をなぞっただけでは、容易に知り得ないものだろう。

Matsuse Seisei

お帰りやす青々はん

松瀬青々（明治二年―昭和十二年）

お帰りやす青々はん

俳句における東西対決か。関西俳壇のパイオニアは、在京八ヶ月にして帰阪

松瀬青々（本名・彌三郎）の名を聞いたり目にしたりする機会は、最近、少なくなっているような気がする。明治・大正・昭和の三代にまたがって、ホトトギスに対抗し、関西に「主観俳句」の一大勢力を築いた俳人に対して、少々、礼を逸しているのではないかと思う。

昭和十二年に没した後、俳壇史のエアーポケットに入り込むように、急速に忘れ去られていった理由としては、関西に地盤を置いたことのほかには、俳壇即ホトトギスという時代にあって、その陰に没してしまったということになるだろう。虚子が指導原理として掲げた花鳥諷詠、客観写生を奉じる俳人が現在でも大勢を占める俳壇では、やはりその主観俳句は受け入れられにくいのかもしれないが、それでは、俳句全体にとっていかにも淋しい。

舩や手に春潮を弄ぶ

鳥倦んで春漲るや淀の橋
暁や北斗を浸す春の潮
夕立は貧しき町を洗ひ去る
あはれなりさかれば鳥も夫婦かな
貝寄せや愚かな貝もよせて来る
桃の花を満面に見る女かな
櫻貝こぼれてほんに春なれや
身をよせて朧を君と思ふなり
蝶強くゆけど青麦ばかりかな
明け方の夜は青みたり栗の花
母と寝て母を夢むる藪入りかな

Matsuse Seisei

アッパッパ思ひ邪なき娘かな

日盛りに蝶のふれ合ふ音すなり

話しかけるやうに女が火を焚きて

冬の夜や油しめ木の恐ろしき

蛤も口あくほどのうつつかな

山に花海には鯛のふゞくかな

汁ぬくううれし浅蜊の薄色や

妻にせし女世にあり年の暮

細やかにして感受性ゆたか。ちまちましたところがなく句柄大きく、人情味もたっぷりたたえた青々の作品は、もっと人気があっていいと思う。

これらの中で、「日盛りに」だけは他にくらべて、突出して世に知られている句である。一見、写生句のようでありながら、この句が対象としているのは、現実のものというよりは、きわめて感覚的な世界である。さらに「視覚を触覚的に押し進めべし」という青々自身の言葉が残されているが、この「音」は聴覚のそれではなく、触覚的なものである。それでいながら少しの誇張も感じさせないのは、この句にみなぎる緊張感のためである。子規の唱える写生とは、はるかに遠い世界にある。

　青々の師といえば、いちおう子規ということになる。しかし二人の句風はまったく対照的で、青々の作品に子規の指導の痕跡を見ることは、ほとんど難しい。それどころか、子規のいう写生は過渡期の産物であり、それをいつまでも後生大事に戴いているから、こんなに平凡なつまらない作品ばかりが世に溢れているのだと青々自身、書いてもいる。

　子規が写生というコンセプトを俳句に導入したのは、旧弊な俳句から脱する俳句革新のためで、そのサンプルとして蕪村の視覚的、絵画的な作品にスポットを当て、意識的にとり上げる。したがって、蕪村の句が本来、濃厚にもっている浪漫的情趣や王朝趣味などの主観的な側面は犠牲になる。ところが青々は子規に出会う以前に、すで

に蕪村の一部分だけではなく、全体を丸ごと自家薬籠中のものにしていた。

そこには、同郷人として蕪村には格別の親しみをもっていたということもあったかもしれないが、そんな青々にとって子規の俳句革新運動は、いかにも危ういものに映っただろう。青々は、自分が俳人としての立脚する場を、芭蕉、蕪村と切れた場所であるとは認識していなかった。乱暴に言ってしまえば、俳句が革新しようと近代化しようと、自身の問題であると切実には受けとめていなかったのではないだろうか。その端的な現れが、彼が主張した「主観俳句」ではなかったかと思うのである。

明治三十二年の四月、青々は初めて子規に会う。そして同九月に改めて上京し、「ホトトギス」の編集に参加することになる。その颯爽とした出現ぶりは目を引いたようで、とくに句会での実力は一頭地を抜いていた。即吟による作句力は抜群で、一五分ぐらいで、一題一〇句などはものともしなかったという。だからといって、出来が劣るということもなかった。子規の側にいた赤木格堂は「俳人青々が出現した時は実に驚異であつた。吐嘱皆光芒陸離として周囲を圧倒する概があつた」と書き残しているほど。ところが、翌年五月には早くもそれを辞め、大阪に帰ってしまう。わずか八ヶ月の東京滞在であった。

いったいその間、なにがあったのか。編集といっても販売やら雑務やらいろいろやらされ、事志と違ったということもあったらしい。大阪では第一銀行に二七円の給料で勤めていたのを棒に振って来たのに、これではかなわないと思ったろう。それに父親の強い希望もあったということだが、状況証拠に照らせば、周囲にとけ込めなかったと考えるのが妥当なようだ。

この年、青々は三一歳で、すでに大阪には妻と一女があった。それに対して虚子は二六歳、碧梧桐は二七歳。学識、教養、人生経験の差は自ずと明らかで、自分より四、五歳若く、実社会に出たことのない、いわゆる田舎出のインテリ書生である彼らは、青々にとっていかにも青臭く見えたことだろう。

青々の人あたりのよそよそしさ、腰の低さについての証言がいくつか残っているが、それは上方文化人のプライドに、在京俳人の風下に甘んずることのなかった彼の矜持が加わって、身を固く持していたと考えるべきだろう。

つまり青々のまわりには、虚子や碧梧桐らによる人間関係の壁ができていたのである。あえてその壁を崩そうという気も青々にはなかった。それに加えて、虚子と碧梧桐のホトトギスにおける主導権争いも始まっていた。早々に大阪に帰って正解だった

ろう。大阪に戻った彼は朝日新聞に入社し、「宝船」（大正四年に「倦鳥」と改題）を創刊。明治三十七年には、近代に入ってからの最初の個人句集とされる『妻木冬之部』を刊行する。そして、青々を中心にして大阪俳壇の基礎がかたちづくられていくのである。

「徹底的に己が生の栄えを極め、味わい尽そうとする上方人特有のこってりとした生き方を、青々ほど俳句の中に持ち込んで、表現している俳人はいないであろう」（堀古蝶）。青々は作品も俳人としての生き方も、上方文化人以外のなにものでもなかった。

俳句における地域性の問題が、まともに論じられることは少ない。でも古くは芭蕉と西鶴や秋成との関係もあるわけだし、近くでは、この青々の問題がある。それに目を向けることは、俳句史からこぼれがちな大切な課題を拾い上げることにもなると思う。

シティーボーイ水巴

Watanabe Suiha

渡辺水巴（明治十五年—昭和二十一年）

シティーボーイ水巴

われは作家なり故に情調す
虚子との出会いそして別れ

明治末、最盛期の三分の一まで読者が減って、にっちもさっちもいかなくなっていた「ホトトギス」を立て直すために、明治四十五年、高浜虚子は「雑詠選」を復活させ、自らの俳壇への復帰をはかる。雑詠選とは自由な季題でつくった作品を一般から募集し、主宰者が選をして掲載するもので、俳句雑誌の柱に据えたのは虚子だとされている。現在の結社誌でも広く行なわれている形式である。ここでまず頭角を現わしたのが渡辺水巴と原石鼎であった。

水巴（本名・義）は、もともと子規門の古老である内藤鳴雪に師事して俳句を始める。虚子直門ではないのである。虚子の選句を受けるようになる前からも、自ら「千鳥吟社」というささやかな結社をつくり、「俳諧草紙」という俳誌を発行していた。ここには碧梧桐系でも虚子系でもない異色の作家たちが集まった。岡本松浜やまだ慶応義塾大学の学生だった久保田万太郎（俳号は暮雨）も参加していた。

しかし、俳壇に水巴の名を知らしめたのは虚子の功績である。とはいいながら、やはり水巴は虚子とは微妙な距離を保つ。べったりではないのである。「ホトトギス」からの独立も早く、大正五年には、主宰誌「曲水」を創刊している。これは「ホトトギス」からののれん分け第一号である。渡辺水巴という俳人の本質は、この虚子との間の距離に、最もよくうかがえるように思う。

花過ぎてゆふべ人恋ふ新茶かな

ぬかるみに夜風ひろごる朧かな

大空にすがりたし木の芽さかんなる

除夜の畳拭くやいのちのしみばかり

日輪を送りて月の牡丹かな

別かるゝやいづこに住むも月の人

元旦の老松皮を固めけり

初夢もなく穿く足袋の裏白し

咲きつきて灯に片よりぬ水中花

草市のあとかたもなき月夜かな

引く浪の音はかへらず秋の暮

白日は我が霊なりし落葉かな

天渺々笑ひたくなりし花野かな

月光にぶつかつて行く山路かな

ひとすぢの秋風なりし蚊遣香

てのひらに落花とまらぬ月夜かな

冬の夜やおとろへうごく天の川

かたまつて薄き光の菫かな
寂莫と湯婆に足そろへけり
薫風や蚕は吐く糸にまみれつゝ
うすめても花の匂ひの葛湯かな

「別かるゝや」は、昭和二年に離婚した折の句。「望みに任せて離別承諾の返書を妻の許に送る」と前書がある。「咲きつきて」は「水中花」を初めて季語として使った作品とされている。「白日は」は、ナルシスティックな水巴らしい作品で、曇りなき太陽との一体化は、終生の願望だった。「かたまつて」は昭和六年の作だが、その五年前に「かたまつて薄き光の蜆かな」という句を発表している。確かに「蜆」より「菫」の方が、作品の掘下げは深化し、普遍的なスケールは広がった。表現はたおやかといっていいほどの柔らかさを見せるが、単純な写生句にはない確固とした揺るぎなさをもつ。

水巴の作品が漂わせる繊細な情緒、女性的ともいっていい細やかな美意識をいう人は多い。その耽美的な傾向は、多分に家庭環境や育ちに関係していると思われる。生まれは東京・浅草。父親は著名な花鳥画家で、木版挿絵でも大衆的な人気のあった省亭渡辺良助。濃厚に江戸情緒がたちこめる環境で育つのである。麹町にあった水巴の住まいを訪れた大衆小説家・島東吾の文章が残っている。江戸趣味で統一された家の様子を描写し、「何しろ江戸ッ子・五代目菊五郎演ずる花川戸の助六の如く、お祭左七の如く、め組の辰五郎の如く、一分の隙もない」と、その和装のダンディズムぶりを語っている。相当の歌舞伎好きでもあったらしい。

水巴と共通点の多い俳人ということでは、松本たかしが思い浮かぶ。二人とも生粋の江戸っ子気質を強く持ち、たかしも水巴も父親はそれぞれ能役者（松本長）と日本画家である。ともにその寵愛のもとで、なに不自由なくのびのびと育てられた。たかしは能役者を断念した後、俳句のみに専念するし、水巴も日本中学の第三学年を修業退学した後は、俳句で身を立てることを志し、他のことには関わらない。俳句以外のものには関わらないという潔癖さでも二人は共通している。

そして二人は虚子の弟子だから、いうまでもなく花鳥諷詠（当時は季題趣味といった）の徒である。しかし二人とも、きわめて洗練された都会人の感覚で季題をとらえようとする。そのために季題趣味の旧套をなんとか脱しようとする潜在的な傾向が生まれる。近代人の「我」「主観」といったものが、はっきりと目を覚ましているのである。それでも、この点における二人の自意識の強さには違いが感じられる。水巴の方がずっと主観性が強いのである。

大正二年、「ホトトギス」誌上に「主観句に就いて」という俳論を水巴は発表する。「作者の主観は尊重されねばならぬ。主観句を作る程の作者は先づ自個自身己れの主観を尊重し、以て容易に人の批判に屈服せぬだけの強い自信がなければならぬ」と自分の信念を力強く主張する。また別のところでは「さりとて、いたづらな豪語を快しともしない。けれど、白日を肉体に宿して生命を存続していゐるかぎり私と云ふものは尊い者であり、強い者であり、優しい者であり、静かな者であり、麗しい者であり、そして、絶えず清らかに熱してゐるべき筈のものである。たしかに、さうあらねばならぬ者である。と自ら信じて其点は一歩だも後へは退かぬ。もし、此の信念が無かつたならば、私みづから私の霊を軽蔑してゐることになる」とも述べている。

また、そのころ虚子は雑詠選を水巴に代選させる。虚子の水巴にかける期待の大き

さをものがたるが、しかし、この水巴代選はかなりの抵抗にあったようだ。投句数は減少するし、原石鼎や前田普羅などの有力俳人の出句もなくなる。それでも彼はめげることなく、「ホトトギス」に「私は私の性質として、出句者諸君に媚びを売つて従らに多くを選抜といふやうな商略的な事は出来ないのです」と書いて、主観句尊重の選句方針を貫く。

虚子が雑詠選の再開にあたり、主観的傾向の強い新人の発掘につとめたのは、当時、勢いを増していた河東碧梧桐の新傾向俳句に対抗するとともに、月並化しつつあった写生句を刷新するためでもあった。つまり、戦略的見地に立っての方針であった。だから、大正末にかけて主観俳句が氾濫するようになると、花鳥諷詠とともに客観写生を唱えるようになるのである。

しかし、水巴の主観俳句はあくまで作家としての内発的なものだから、状況がどのように変わろうと、容易に変えられるものではない。変えることは作家としては変節ということになる。水巴は、そのような作家的な良心に最後まで忠実たらんとしたのである。ここで水巴と虚子の道は、一度は交差したにもかかわらず、結局、分岐せざるを得なかったのである。

面体をつつんだって前田

Maeda Fura

面体をつつんだって前田普羅

前田普羅（明治十七年—昭和二十九年）

憧れは山より高く輝けよ
自意識過剰は俳人のライセンス

「山岳俳句」というジャンルがある。芭蕉の月山登山を先駆として、近代に入ってからは、大正四年の河東碧梧桐による日本アルプス縦断によるもの、昭和になってからの前田普羅や石橋辰之助などによる作品が、そのように呼ばれる。山を俳句のモチーフにしたということだけど、それだけでは何も言ったことにはならない。なぜ山でなければならなかったかという作者の内実を探らなくては、当然のことだけど、その俳人の本質に迫ることはできない。

普羅（本名・忠吉）は大正初年のホトトギスの有力作家であったが、大正十三年、報知新聞富山支局長として富山に移住したころから、さかんに山岳を対象にした俳句を発表するようになる。

茅枯れてみづがき山は蒼天に入る
霜つよし蓮華とひらく八ヶ岳

駒ヶ岳凍てゝ巌を落しけり

茅ヶ岳霜どけ径を糸のごと

奥白根かの世の雪をかがやかす

この五句は、昭和十二年一月、東京日々新聞（毎日新聞の前身）の「日本俳壇三十人集」に選ばれ、「甲斐の山々」と題されて発表されたものである。この反響は大きく、彼の名は俳壇のみならず一般にも知られるようになる。他に「春尽きて山みな甲斐に走りけり」「雪解川名山けづる響かな」などが、普羅の山岳俳句の代表作とされるものである。東京で生まれ育ち、江戸趣味の通人をもって任じていた普羅が、北アルプスを望む富山に住んだという事情もあるが、なぜ山岳を俳句の対象にしたのか。その意味とはなんだったのだろう。

普羅の一生をたどってみると、ずいぶんと曲折の多い生涯を送った人だったことを知る。原石鼎とともに「風狂」の伝統を継ぐ最後の俳人と位置づけられることも多い

（保田與重郎など）。

その生涯は横浜時代、富山時代、そして戦後の漂泊時代の三つに大きく分けることができる。幼少期は父母と離れ、親戚に預けられて孤独だったようだが、もともと夢多き少年で読書家であった。ほとんど脈絡もなく染織学、植物学、電気学、地質学、地形学、英文学、もちろん日本の文学なども読みあさる。中学を卒業した普羅は、まず父のすすめで京都の紅染屋に丁稚奉公。半年でそこを逃げ出し、早稲田大学英文科に入学。坪内逍遥に劇作などを学ぶが、二年ほどで退学し、横浜のスタンダード石油会社に就職。そこもすぐに辞め、こんどは横浜地方裁判所に書記として勤務。さらに転職し、大正五年に時事新報の横浜支局に入社。十三年には富山に報知新聞の支局長として赴任するのである。

その間、関東大震災、Ｂ２９による富山空襲、隣家よりの類焼で、三度にもわたって家財や蔵書を消失している。戦後は孤独寂寥のうちに風雲に身をまかせ、家郷喪失者といっていいような放浪の生活を送った。

この波乱の多い、悪くいえば落着きのない人生の中でも、山岳への憧憬は一貫して変わらなかった。都会育ちの美意識を濃厚にもっていた彼が、なぜこれほどまでに山に執着したのだろう。それには山岳以外のものをモチーフにした作品をみる必要があるだろう。

面体をつゝめど二月役者かな
春更けて諸鳥啼くや雲の上
月出でゝ一枚の春田輝けり
人殺す我かも知らず飛ぶ蛍
新涼や豆腐驚く唐辛子
いづこより月のさし居る葎哉
盗人とならで過ぎけり虫の門
うらがへし又裏返し大蛾掃く

寒雀身を細うして闘へり
落葉して蔓高々と懸りけり
鞦韆にしばし遊ぶや小商人
人の日や読みつぐグリム物語
空谷のわれから裂くる氷かな
春昼や古人のごとく雲を見る
紫蘇の葉に穴をあけたる虫見たし
秋風の吹きくる方に帰るなり
まり唄や二百を越せば男めき
冬の蠅出て来て人にとまりけり

「面体を」は大正二年作の初期の代表作である。「二月役者」というのは、忙しい年始を避けて、二月に入ってから挨拶まわりをする役者のこと。手ぬぐい、マフラーあるいは帽子などをかぶって人目につかないようにしているが、役者であることは避けようもなくわかっていまうというわけである。この役者に普羅は一種の憧憬を感じている。あるいは遊芸にうつつをぬかす自分を仮託しているといえるのではないか。それは「つゝみて」ではなくて「つゝめど」であるところに表われている（堀古蝶）。横目で世間を見ている役者を、肯定的にながめているのである。もっといえば、この役者は普羅その人なのである。

「寒雀」における寒雀に対しても、普羅は尋常ではない思いを注いでいるように感じる。寒雀は寒さを防ぐため全身の羽毛を膨らませて、まるまると太って見える。それが必死で争うさまを「身を細うして」と間髪を入れず直截に言い止めた。この言い切りのシャープな力強さには、その寒雀に寄せる普羅の並大抵でない感情移入の強さが表われている。

まるで対象と一体化してしまうのではないかと思わせるこの二句にみられる迫真性は、自己陶酔の寸前までできている、なんとか抑制を効かせて、それを回避できたから

よかったものの。

この過剰な自意識をコントロールするために選ばれたのが、彼が俳句に詠う山だったのではないだろうか。飯島晴子は次のように書く。「普羅の内部の都会的な風土は、自然にとりまかれて住み、山岳にたち向かって作句することによって、つまり、内部とは異質の外側の風土とかかわることによって、余分の情緒をそぎ落し、甘く停滞しがちなところを、たえず清冽に流しておくはたらきがなされているといえないだろうか」(『俳句発見』)。

普羅の詠う山岳は、遠望されるそれであって、登山の対象としてのそれではなかった。自分のやむにやまれぬ思いを、感情を託する対象だった。だから、その山を知るために、山襞深く分け入り、ひたすら山頂をめざすといった登山は、あまりしていない。それよりも山野を跋渉し、山裾をめぐったり、渓谷を歩いたりすることを好んだ。問題は山よりも自分なのである。

「普羅の句からは、心に寂しさを持つ人が、それに耐えながら自然や人情に巡り会って慰められる薄陽の中で味うような静かな悦びが、思い浮かんでくる」(串田孫一)。

唯蛇笏独尊

Iida Dakotsu

唯蛇笏独尊

飯田蛇笏（明治十八年—昭和三十七年）

東京ふり捨て山中独居
土地に身を縛り壺中の天を

作家とその才能や資質を育んだはずの風土との間には、抜き差しならぬ関係がある。もちろん、それがすべてというわけではない。表現は人間の限界を超えようとする当為でもあるからだ。作品は作品として、テキストとしてのみ分析すべきという考え方もある。にもかかわらず、その作家がどのようなところで育ち、どのような環境で作家活動を行なったか、あるいは風土というものをどう考えていたかは、読者の興味をそそる問題だし、作家によっては、その本質に迫る有効な手がかり与えてくれる場合もある。

「その坂に佇つてこころみに眼を展ずると、遠く渺茫たる甲斐平が眼界に収まり、銀蛇を横たへたやうな笛吹川が真一文字に見渡され、その又遙か先きの天空を遮つて脈々たる南アルプス連峰が莫迦長い屏風の如く大景を示してゐた。此の自然の景観こそは、わが生涯の詩的生活に於ける薬餌であり、今来、つきせぬ清泉の如きほとばしりを心にたたえしめるものであつた」(『俳壇自叙伝』)と書く飯田蛇笏(本名・武治)を考えるのに、その作家活動と風土との関係を抜きにすることはできない。その関係は息子である龍太にも同様に引き継がれるのである。「わが生涯の詩的生活に於ける薬餌」とまで言わしめるその風土とはどのようなもので、そして、なぜそれほどまでに風土と真摯に向き合わざるを得なかったのか。その背景にはなにがあったのだろうか。

鈴おとのかすかにひびく日傘かな

人々の座におく笠や西行忌

古き世の火の色うごく野焼かな

竈火の赫とただ秋風の妻を見る

芋の露連山影を正しうす

啓蟄のひとり児ひとりよちよちと

大木を見つつ閉す戸や秋の暮

山国の虚空日わたる冬至かな
死病得て爪うつくしき火桶かな
流燈や一つにはかにさかのぼる
極寒のちりもとゞめず巌ふすま
たましいのたとへば秋のほたるかな
なきがらや秋風かよふ鼻の穴
冬瀧のきけば相つぐこだまかな
をりとりてはらりとおもきすすきかな
くろがねの秋の風鈴鳴りにけり
高浪にかくるゝ秋のつばめかな
冷やかに人住める地の起伏あり

なやらふやこの国破るをみなこゑ

うす影をまとうておつる秋の蝉

これら代表句の多くをなした地は、山梨県東八代郡境川村小黒坂。飯田家は名字帯刀を許された豪農、大地主であった。その長男に蛇笏は生まれる。鬱蒼たる竹林、榎や赤松のそびえる広大な敷地を、笛吹川へ合流する狐川が流れていた。

俳句との出会いは早く、十二歳のころである。そのころ旧派の宗匠俳句がさかんで、父親の実家で催された句会に出たのが最初だという。しかし俳句を本格的に意識するようになったのは、甲府中学時代に英語の教師の話がきっかけだった。彼は内藤丈草の「水底を見てきた顔の小鴨かな」を熱心に説明したが、それは自分がそれまで知っていた俳句の話とは、ずいぶん感触が違った。改めて俳句に興味をもった蛇笏は、正岡子規を読み始め、芭蕉と出会い、俳句を自らの表現としてはっきり意識するようになるのである。

そのことは、いわゆる青春の懊悩とも重なり、家を出なければという思いを醸成し

ていく。家出同然の最初の出奔は失敗に終わるが、結局、許しを得ることができ、明治三十五年に遊学のため東京に出る。そして、三年後には早稲田大学の英文科に入学するのである。

時あたかも自然主義文学の台頭期で、しかも早稲田大学はその牙城ともいっていいところ。国木田独歩に心酔したり、薄田泣菫や蒲原有明の象徴詩の影響を受けたりする。若山牧水や芥川龍之介（「たましいの」は彼への悼句）との交流もあった。俳句もつくるが、新体詩や小説も数多く書いた。

ところが、四十二年に突然、学業を放棄し、蔵書のすべてを売り払って、帰郷する。その理由については諸説あるが、過去一切を振り捨てるかのようなただならぬ帰郷のしかたをみると、そこには恋愛を含めた精神的な何かがあったと考えたくなるが、蛇笏がそれについて語ることはなかった。ともかく、以来、昭和三十七年に七十七年の生涯を閉じるまで、甲斐の山中に身を埋めて、読書三昧、俳句一筋の生活を送ることになるのである。

蛇笏の作品には重厚、高邁、雄勁、峻厳といった形容が冠されることが多い。晩年には少々肩肘の力の抜けた「人呼びて山深むこゝろ山鴉」「川浪の霰光りに川千鳥」「秋たつときけばきかるる山の音」といった素直な自然詠も多いのだが、全体としてみれば、芭蕉を信奉した蛇笏にしては、芭蕉が晩年に唱えた「軽み」を感じさせるような作品は少ない。いわば彼の作品にはコワモテの「立句」が多いのである。立句というのは、連句における付句のように他の句とつけ合うことのできる余地を持たず、孤立屹立している句のことである。蛇笏自身も、まるで立句のような孤高の人、隠者といった形容がふさわしいような生き方を貫いた。

しかし立句は、見方によれば俳句が本来もっている詩型としての豊かさ、本来もっていたさまざまな夾雑物を失ったものでもある。他を寄せつけないかたくなさ、衆を離れて孤立するという無理をしたために、どこかに歪みがある。蛇笏俳句に感じるある種の寒々しさや無機質さもそれに由るものだと思う。

東京でのはなやかな文学活動を断念し、甲斐の地に身を沈めざるを得なかったことは、さまざまなかたちをとって彼の作品に現われているのではないだろうか。とくに峻厳といってもいいような作品の格調の高さは、自然の中に身を沈め、代々続いた家を守るんだという志の強さの反映、さらにいえば反動といってもいいのではないか。

俳人が風土というものと、どのように向き合うかは、季語の問題もあるので、俳人としての姿勢にも大きく関わってくる。季語の多くは農事暦から生まれたものだから、農耕生活と密着している。それは都市対田舎という図式の中では、明かに田舎のもので、その中にどっぷり浸かり、そこから出ようとしないのは、反都市、反中央という立場に立つことになり、都市という風土を認めようとしない頑さを生んでしまうのではないだろうか。それは季語を俳句の絶対必要条件とする頑さにも通じるものだ。その頑迷さは、蛇笏俳句が漂わせる読者を身構えさせるような、萎縮させるような峻厳さ、言い方を変えれば間口の狭さとなっているのではないだろうか。

実は二十年ほど前に、龍太へのインタビューで境川村を訪れたことがある。そのときの印象は、思い描いていたその地のイメージとの微妙なずれである。来てみれば、山村とはいえるかもしれないが、甲府市郊外の平凡な農村である。蛇笏と龍太が親子二代にわたって描いてきた境川村は、虚構とまでは言わないが、あくまで彼らが描いたそれであるという当然のことを確認することになった。

蛇笏の最後の作品は「誰彼もあらず一天自尊の秋」。唯我独尊ということで、できすぎと思われるほど、蛇笏の最後の作品らしい。辞世の句というには少々アクが強すぎるが、その少し前には「地に生きて人を忘るる霧の秋」という句をつくっている。

石鼎、追いつめらる

Hara Sekitei

原石鼎（明治十九年―昭和二十六年）

石鼎、追いつめらる

俳人にとっての幸福とは？
「身の秋や俳諧に生きて悔もなし」

俳人にとっての幸福とはなんだろう。そんなのは考えるまでもない、というのはそのとおり。もちろん、名句をものにすることである。これに尽きる。「身の秋や」と石鼎（本名・鼎）も作品でいっているとおり。しかし、これだけに尽きないという人がいるのも世のならい。ましな代表句のひとつもないのに、結社経営やタレント活動にうつつをぬかす近ごろの俳句プロパーなどからみれば、ホトトギスという大結社を育て上げ、世俗的な名声も得たセレブな高浜虚子のような存在が、最も幸福な一生を送った俳人なのかもしれない。

さて石鼎はどうだったのだろう。幸福だったのだろうか。虚子に師事し、いちおうは「鹿火屋」という結社を育て、俳人としての高い声望も手中にする。しかし、虚子のように結社と一体化してしまったような感じはしないし、その名声に安住していたふうでもない。そこに乖離が感じられる。俳人としての彼の一生は幸福だったのかどうかを問うても、無意味なような気にさせられるのである。あれだけたくさんの名句を残したのだから、幸福に決まっている。その彼の世俗的な幸不幸を考えることに、どんな意味があるというのか。

ホトトギス育ちの俳人としては、例外的に作家性を強くそして純粋に堅持していたのが石鼎だった。彼の表現エネルギーは、無駄なくすべて俳句に注ぎ込まれたのではないかと思わせる。大正昭和期の反ホトトギスの先鋭的な俳人たちに例外的に好まれたのも、吉井勇、芥川龍之介、保田與重郎、棟方志功などの他のジャンルの作家たちに強く支持されたのも、そこに理由があったのではないだろうか。

俳句における表現エネルギーといっても、それがどんなものなのか、見たことのある人などいるはずがないし、人によるあり方も違うだろう。その人の一生の時々で姿を変えているかもしれない。でも間違いなく、作品というかたちでそれを知ることはできるのである。

頂上や殊に野菊の吹かれ居り

山川に高浪も見し野分かな

山国の闇恐しき追儺かな

高々と蝶こゆる谷の深さかな

花影婆娑と踏むべくありぬ岨の月

山の色釣り上げし鮎に動くかな

淋しさにまた銅鑼打つや鹿火屋守

秋風やみだれてうすき雲のはし

蔓踏んで一山の露動きけり

花烏賊の腹ぬくためや女の手

磯鷲はかならず巌にとまりけり

涼しさに堪へて人あり磯しぶき

秋風や模様のちがふ皿二つ

この朧海やまへだつおもひかな
白魚の小さき顔をもてりけり
あきらかに雀吹かるゝ若葉かな
撃たれ落つ鳥美しや山枯木
雪に来て美事な鳥のだまり居る
春の水岸へ岸へと夕かな
青天や白き五辦の梨の花

人によって多少の異動はあるだろうけど、ほぼ誰でもが認める石鼎の代表句である。これらのほとんどがつくられたのは、明治末年から大正二、三年にかけてで、「雪に来て」と「青天や」だけが昭和九年と十一年の作である。いわゆる「季題趣味」や「俳

諧趣味」といったことばが生きていたその時代の状況を考えると、俳句臭が払拭されたこれらの作品から受ける清新なリアリティーには目を見張る。七、八十年隔てた今日、読んでも少しも古びた感じはしない。「秋風や」は、夫をもつ女性と同棲していたところ、突然、連れ帰えられてしまったときに、そろいの夫婦皿を分けたという事情を背景とした句だけど、逆にそんな作品の背景など邪魔に感じられるほど、人生思うにまかせぬ寂しさが見事に普遍的に表現されている。

これらの多くは、本格的に俳句を始めて間もない二十代につくられている。大作家にほぼ共通することだけど、スタートダッシュの勢いが素晴らしいのである。初めから巧いのである。俳句における修練って、いったいなんなんだとぼやきたくなるほどだ。

原石鼎という俳人を、その伝記的側面に比重を置いてみようとする人は、十代、二十代に医学に志すも、医科大学の入学に繰り返し失敗し、やることなすことうまくいかず、その前途を悲観したことが、より強く俳句に向かわせたとつじつまを合わせようとする。

しかし、たとえば第一句集『花影』に付された自筆の年譜の大正二年の項には次のようにある。「失敗を重ねたる余の言を父も兄も妄りに信ぜざるのみか、俳句を廃し、剃髪して先祖に詫びるに非ざれば、資金のこと許し能はず、と。父の言や宜なり。余、終に医を断念して先祖の位牌の前にひざまずく」。事態は深刻である。俳句を続けることへの、肉親の反対を押し切れるかどうかの瀬戸際である。しかし、この文章から受ける印象は、どことなく芝居がかっているような感じ。確かに、のっぴきならない深刻な事態に立ち至っていることは、本人自身も感じているのだろうが、ほんとうの気持はとっくに俳句の方に行ってしまっていて、いやいや背中を押されて立った舞台の上で、医学を断念して、俳句へ向かう自分を演じているような印象なのだ。

石鼎は確かに追いつめられていた。しかし、なにによって追いつめられていたかというと、それは実生活上の急迫した事情によってというよりも、俳句に向かう表現エネルギーに、もはや本人の肉体が耐えきれなくなるほど追いつめられていたと考えたい。そのエネルギーがぎりぎりまで高められ、ついに大噴火を起こしたのが、大正二、三年ごろの石鼎だったのではないだろうか。

石鼎の後半生は、外からみるかぎりあまり幸福そうではない。もともと病弱な上、ホトトギス退社をめぐる虚子との確執が遠因と思われる神経衰弱にも陥る。昭和に入

ると、モルヒネ中毒による幻聴や幻覚がひどくなる。結局、多発性リュウマチのために狭心症を併発して、昭和二十六年に亡くなる。その死の直前に詠んだのが次の句である。

松朽ち葉かゝらぬ五百木なかりけり

「五百」とは数の多いこと、たくさんのという意味。大きな松の木が落とす朽ち葉が、周囲のあらゆる木に降りかかっているのだ。ずいぶん暗い。死を前にしているのだから当然だけど。しかしこの暗さは、けして絶望的ではない。生死を超えた崇高なものさえ感じる。それは二十五歳のときにつくった初期代表作「頂上や」の透明な宇宙感にも通じるものだ。四十年間貫かれてきたものの確かさ。石鼎の俳人としての幸福な生涯は疑いようがない。

しづの女、汗す

TakeshitaShizunojo

しづの女、汗す

竹下しづの女（明治二十年—昭和二十六年）

男もすなる俳句を
女もしてみむとて、するなり

　どのような文芸にとっても、その担い手が男なのか女なのか、性別、ジェンダーは大きな問題だ。少なくともこの日本では、平安朝の物語文学が女性の手になり、漢文・漢詩や洒落本が男性の手になることは、文学表現のすみ分けの問題にからんで、たいへん重要だ。

　俳句は古来、男性のものとされてきた。この世が男性と女性とで構成されている以上、俳諧の席に女性が同席することは当然あったし、江戸時代にも少なからずの女流俳人がその名を残している。しかし、あくまでもメインストリームは男性（男流？）俳人がかたちづくり、女性は例外視されてきた。今日からは考えられないほどの、男性優位のジャンルだったのである。

　そんな流れが少し変わってきたのが、大正末から昭和初年にかけて。「ホトトギス」誌上に、綺羅星のごとく女流俳人たちが出現するのである。そこには高浜虚子の好リードがあるのだけど、長谷川かな女、阿部みどり女、竹下しづの女、杉田久女、中村汀女、星野立子といった人たちが、男性に伍して次々に第一句集を出し、女性の俳句というものに世間を瞠目させる。

その中で、現代に至る女流俳人の先駆けとして、杉田久女を挙げる人が多いように思う。自然や日常生活へのみずみずしいまなざし、社会や家庭からも目をそらさない表現者としての誠実な姿勢といった点で、確かに久女の現代俳句へ与えた影響は大きい。でも、しづの女の果たした役割も忘れてはならないと思うのである。過去の作品をなぞるようなものではなく、現在に息づく作品をめざそうとする現代俳句の立場からは、なおのこと、しづの女の存在を忘れるわけにはいかない。昭和十五年、俳苑叢刊シリーズ（三省堂）の一冊として刊行された彼女の第一句集『颱《はやて》』から二十句を選んでみた。

短夜や乳ぜり泣く子を須可捨焉乎

処女二十歳に夏痩がなにピアノ弾け

霧濃ゆし馬蹄のこだま喝破とのみ

三井銀行の扉の秋風を衝いて出し
大いなる月こそ落つれ草ひばり
鮓おすや貧窮問答口吟み
ことごとく夫の遺筆や種袋
水飯に晩餐ひそと母子かな
日々の足袋の穢しるし書庫を守る
日を追はぬ大向日葵となりにけり
緑蔭や矢を獲ては鳴る白き的
紅塵を吸ふて肉とす五月鯉
汗臭き鈍の男の群に伍す
ペンだこに手袋被せてさりげなく

苺ジャムつぶす過程にありつぶす
女人高邁芝青きゆゑ蟹は紅く
たゝまれてあるとき妖し紅ショール
軍隊の短き言葉東風に飛ぶ
子といくは亡き夫といく月真澄
石炭を欲りつゝ都市の年歩む

竹下しづの女（本名・静廼《しずの》）は、俳句史上初の「職業婦人」といわれたりする。福岡県の現在の行橋市の農家に生まれたしづの女は、福岡女子師範学校を卒業後、母校の訓導（小学校の教諭）を経て、小倉師範学校の助教諭に赴任する。担当は音楽と国語であった。その翌年には、福岡農学校教諭の伴蔵（後に県立粕屋農学校校長）を婿養子に迎える。しかしこの夫は、しづの女四十八歳のときに、彼女と五人の子供を残

して脳溢血で急逝してしまう。しづの女はすぐに福岡市立図書館に司書として勤め始めるのである。

職業を持つということは、社会に直接ふれることである。そこに生まれる意識や思いを俳句をつくることから排除していないという意味で、当時において、しづの女の俳句は新しかったのである。職業そのものを俳句のテーマやモチーフにするかどうかという問題ではない。

第一句目は、しづの女の代表句としてつとに名高い作品だが、内容もさることながら、漢文の「須可捨焉乎」をそのまま使い、慣用的な「すべからく捨つるべけんや」ではなく、「すてつちまをか」と読ませる表記の異様さがまず目につく。漢籍や万葉集などへの深い造詣をうかがわせるが、ここには単なる表記上の問題だけにとどまらないものがあるはずである。つまり職業婦人として俳句に手を染めることが、しづの女にとってどのようなことだったのかを暗に示しているのではないだろうか。

「現今の過度期に半ば自覚し、半ば旧慣習に捕らえられて精神的にも肉体的にも物質的にも非常なる困惑を感ぜしめられている中流の婦人の或る瞬間の叫び（心の）」と本人はこの句を自解しているが、問題は、その「叫び」がなぜこのような表記をとらざるを得なかったかということである。少なくとも、知識をひけらかしているわけではないだろう。

叫びはあくまで直接的な肉声である。その強さだけで、思いのすべてを理解してもらおう、共感を得ようとしても無理というものである。「（心の）」にそのことの自覚が表われている。この表記は、この句が、思いが伝わればいいといったレベルの作品ではなく、その思いを俳句作品化することはどういうことかについて、たいへん彼女が自覚的であったことを示しているのである。難しい漢語や硬い字句を使った作品には次のようなものもある。

今年尚其冬帽乎措大夫

汝儕の句淵源する書あり曝す

「措大」は貧寒の士、貧乏な学者、みすぼらしい書生という意味。「まあ、あなた今年もその冬帽子なの」と「一片の私心なく、一抹の陰影をもとめぬ八荒清明な其の白潔の性格」と彼女がいうところの夫に愛情を込めて呼びかけているのである。粗大ゴミの「ソダイ」ではない。そのあからさまともいってよい愛情の吐露を、漢字だけの表記で韜晦しているのである。二句目は、内容か字句をある文献から借りた作者に、そんなのみえみえよと言っているのである。

漢文・漢語は歴史的にみれば男性のものであった。その同じ土俵に、女であるこの私も上ってやろうじゃないのという、男性に仮託した意志の表明が、これらのしづの女の作品に特徴的な漢字表記なのではないか。つまり、女性であることに甘えていないのである。「汗臭き鈍の男の群に伍す」ことをいとわないのである。このポジティブさ、積極性、決意の強さは、かな女、みどり女、久女、汀女、立子などの同時代の女流俳人には、あまり感じないものだ。

現代女流俳句の源流に、これほど職業、ひいては社会というものに自覚的な俳人がいたことを忘れてはならないだろう。

意地張り久女

Sugita Hisajo

意地張り久女

杉田久女（明治二十三年―昭和二十一年）

女の意地の張りどころ
虚子離れできなかった女流の悲劇か？

女流俳人の中で、杉田久女（本名・久子）ほどモデル小説や評伝の対象になってきた人は少ない。松本清張「菊枕」、吉屋信子「私の見なかった人」（『底の抜けた柄杓』収録）、秋元松代『山ほととぎすほしいまま』などなど。女性が俳句に手を染めることが、今日からは考えられないほど困難をともなった時代に、自他ともに認める実力がありながら、師の高浜虚子や周囲の世界と齟齬をきたし、最後は精神病院で一生を終えた悲劇の女流俳人、といったところが大方の描く久女像だ。しかし近年の増田連『杉田久女ノート』、石昌子『杉田久女』、田辺聖子『花衣ぬぐやまつわる……』などでは、丹念に事実を洗い直し、従来の歪められた久女像をただし、彼女を救済しようとする姿勢が見られる。

ともあれ自他ともに認められた実力とはどんなものだったのか。現在でも久女俳句の人気は高く、好きな作品のアンケートなどをとると、次のような作品が上位を占める。

東風吹くや耳現はるゝうなゐ髪

姉ゐねばおとなしき子やしやぼん玉

花衣ぬぐやまつはる紐いろ〳〵

ホ句のわれ慈母たるわれや夏痩ぬ

新涼や紫苑をしのぐ草の丈

朝顔や濁り初めたる市の空

鶯や螺鈿古りたる小衝立

紫陽花に秋冷いたる信濃かな

夕顔やひらきかゝりて襞深く

山茶花や病みつゝ思ふ金のこと

われにつきゐしサタン離れぬ曼珠沙華

Sugita Hisajo

ぬかづけばわれも善女や仏生会

椅子涼し衣通る月に身じろがず

白妙の菊の枕をぬひ上げし

谺して山ほととぎすほしいまゝ

風に落つ楊貴妃桜房のまゝ

虚子留守の鎌倉に来て春惜む

蝶追うて春山深く迷ひけり

一人静か二人静かも摘む気なし

風呂汲みも昼寝も一人花の雨

竹下しづの女とほぼ同時代をホトトギスにおいて活躍するのだが、作品で見るかぎり久女としづの女とはまことに対照的。豊かな古典の教養に支えられた作家としての足元の確かさでは共通するのだが、その表れ方というか、表現の経路には大きな相違がある。ちなみに二人のよく知られた句を並べてみよう。

短夜や乳ぜり泣く子を須可捨焉乎　　竹下しづの女

足袋つぐやノラともならず教師妻　　杉田久女

夫の足袋の破れを繕っている自画像である。イプセン描くところの『人形の家』のノラのように、自由を求めて家を出ようともせず、教師の妻であることに諦観している自分を自虐的にとらえている。直情があからさまな分、作品としての出来の点では、自分を客観視できている「短夜や」に一歩も二歩も譲らざるを得ない。俳句作家としては久女の方が上だろうが、しづの女の物事を大きくつかむ余裕が久女にはないのである。実力ではしづの女などの同世代の女流をしのぎながら、この余裕のなさや生真

面目さが、結局は俳人としての後半生の悲劇も生んでいったのではないだろうか。

久女が俳句を学び始めるのは大正五年。虚子が女性にも俳句の門戸を開こうと始めた「ホトトギス」誌上の婦人十句集が恰好の指針となった。そして早くも六年一月号の台所雑詠欄に五句が掲載され、八年六月号には、代表句となった「花衣ぬぐやまつはる紐いろ〳〵」が発表されるのである。同年八月号で虚子は「女の句として男子の模倣を許さぬ特別の位置に立つてゐる」と賞賛し、その句を「清艶高華」と讃えた。

「花衣」は、後に創刊した主宰誌を「花衣」（五号で廃刊）としたぐらいだから、本人もよほど自信があったとみえる。「足袋つぐや」のような直情のはけ口のようなところがなく、ナルシスティックではあるけど、大胆にものの本質をとらえ、かつていねいに細部も見せていく手ぎわは鮮やかである。たとえば虚子の次女の星野立子は「花衣ぬぎてたたみてトランクに」「旅衣花衣ともなりながら」という句をつくっている。「まったくかなわねえな」と思わせる立子らしい天衣無縫な無邪気さがよく表われているが、悪いけど、これと久女の句を並べては、久女に気の毒というものである。

大正から昭和にかけての女流俳句で、抜きん出た実力を示した久女は、女性が俳句をつくるということ自体にも強い関心をもっていた。たいへんな勉強家でもあったたから、江戸時代の俳書もずいぶん蒐集していたようだし、評論もよく書いている。その代表的な「大正女流俳句の近代的特色」「女流俳句と時代相」などの文章を講談社文芸文庫『杉田久女随筆集』で読むことができる。そのひとつの「女流俳句の辿るべき道は那辺に?」には次のようにある。

「或る男子方が『女はつまらぬ、アナタ方は頭が古い。感情丈でものを見たがる。理智と感情をすぐ混同したがる。ジョウギでひいた線の如く万事が明確でない。女なんか』と私共をよく冷笑されます。……いや女が男子にけなされる其理智と感情とを混同したがり、時々は命がけにもなる点。ジョウギで引いた如く万事が理詰めでゆかぬ所。女なんか、とけなされる所に、女性の特色があり、女流俳句の進むべき道があるのではないか?」。

竹下しづの女などとは違って、男と張り合うところに女流俳句の存在理由を見出すのではなく、けなされようとも、女性的性情にこそ女性の俳句の活路があるのではないかというのである。この問題は、なんの解決も見ぬまま現在まで続いている。というか、永遠に解決などあり得ないのかもしれないけれど。

昭和十一年、なんの予告も説明もなく、久女はホトトギス同人を吉岡禅寺洞、日野

草城とともに除籍されてしまう。あまりに突然なことだったので、その理由についてはいろいろ取りざたされているが、少なくとも久女については、虚子は彼女のひたむきさが煩わしくなったと、簡単に考えた方がいいようだ。なんというご都合主義だと思うが、これが虚子である。しかもその理由が、彼女の精神分裂にあったと思わせるような文章を「ホトトギス」昭和二十一年十一月号などに発表する。これが事実に反することは、今日では定説になっている。除籍された翌年の「俳句研究」十月号に、次の四句を含む「青田風」と題された十句を久女は発表する。

たてとほす男嫌ひのひとへ帯
張りとほす女の意地や藍ゆかた
押しとほす俳句嫌ひの青田風
虚子嫌ひかな女嫌ひのひとへ帯

いちおう意地を張っているのである（「かな女」はホトトギスにおいてライバル視されていた長谷川かな女のこと）。しかしこれ以降、俳句への意欲は急速に衰えていく。虚子に嫌われたって、もはや一本立ちしているのだから、いくらでもやりようはあったと思うのだが、俳句そのものに意欲を失ってはどうにもならない。「俳句」を虚子という存在から切り離すことができなかったのは、やはり悲劇としかいいようがない。

龍之介 彫琢す

龍之介彫琢す

Akutagawa Ryuunosuke

芥川龍之介（明治二十五年—昭和二年）

短編小説の延長がその俳句
しかし水涕垂れる鼻先に見えたものは

文人俳句というジャンルがある。芥川龍之介（俳号・我鬼、澄江堂）の俳句は、その中で屈指のものに数えられるが、龍之介は、とりたてて文人俳句といわれるものを書いたわけではない。それどころか自分の書く俳句がそう呼ばれるのは、不本意ではないだろうか。

文人俳句は、明治から昭和にかけて、まだ文人という言葉が生きていたころの、文学者などのつくった俳句とゆるく定義しておきたいが、余技としての俳句というニュアンスがどうしても含まれる。龍之介本人は「余技は発句の外には何もない」と言っているが、どうもこの言葉は、松尾芭蕉が、俳諧などは「生涯の道の草」と言ったことを意識してのものだったように思う。その打ち込みようや作品をみると、余技どころではない。一小説家の手すさびをはるかに超えたレベルにある。

その点で、交流のあった久保田万太郎に似たところがある。その第一句集『道芝』の序文は龍之介の手になり「東京の生んだ『歎かひ』の発句」と万太郎俳句を評するのだが、戯曲や小説を本業とする彼がつくった俳句も文人俳句とされることが多い。しかし結局、今日に伝わる万太郎の文名は、本業の方ではなく、俳句においてではないだろうか。

　作句は幼少のころから始めている。「ホトトギス」にも投句し、飯田蛇笏などの俳人との交流も密だった。自宅に小島政二郎、小穴隆一、堀辰雄などを集め、「我鬼窟百鬼会」と名づけた句会を主宰していた。『芭蕉雑記』という名著があるように、最も敬愛した俳人は芭蕉であり、丈草や凡兆を愛し、古俳句を広く渉猟していた。要するに彼が学ぼうとしたのは、あくまで古典で、その姿勢は俳句と呼ばず「発句」と故意に称したことにも現われている。

　蝶の舌ゼンマイに似る暑さかな

木がらしや東京の日のありどころ

労咳の頬美しや冬帽子

木がらしや目刺にのこる海のいろ

薄曇る水動かずよ芹の中

桐の葉は枝の向き向き枯れにけり

水涕や鼻の先だけ暮れ残る

元日や手を洗ひをる夕ごころ

茶畠に入り日しづもる在所かな

白南風に夕浪高うなりにけり

青蛙おのれもペンキぬりたてか

荒あらし霞の中の山の襞

初秋の蝗つかめば柔らかき

唐黍やほどろと枯るる日のにほひ

しぐるるや堀江の茶屋に客ひとり

木の枝の瓦にさはる暑さかな

兎も片耳垂るる大暑かな

雪どけの中にしだるる柳かな

龍之介が生涯になした句は一千余りにのぼるとされるが、自ら編んだと思われる『澄江堂句集』に収められたのは七十七句。その厳選ぶりには、いかにきびしく自作に向き合っていたかがうかがえる。その作風は古調をおびながらも多彩。ぎりぎりまで技巧が凝らされ、精緻、端正で哀感のまさった佳句が多い。

「蝶の舌」の初形は「鉄条に似て蝶の舌暑さかな」。彼の推敲癖は有名だが、俳句においてもそれは変わらなかった。萩原朔太郎は、この句を才気だけの句だと酷評しているが、朔太郎の俳句理解を疑いたくなる。冷たい金属のゼンマイを、花の蜜を吸っている蝶の舌に擬したことで、「暑さかな」の詠嘆はモダンな装いをまとって新鮮だ。

「木がらし」を使った句形の似た二句を選んだが、凩（木枯）はとりわけ彼の好んだ季語だった。「凩にひろげて白し小風呂敷」「胸中の凩咳となりにけり」「凩や大葬ひの町を練る」等々。「木がらしや東京の日のありどころ」には、蕪村の「凩きのふの空のありどころ」が響いているわけだが、蕪村の句に感じる郷愁や哀感ではなく、寂寞とした不安感が伝わってくる。それを生んでいるのは、おそらく「東京」という言葉のなんとなくの白々しさだ。仁平勝は「『東京の日』は、木がらしの吹く空にいわば仮住まいをしているのだ」（「俳句界」十一号）と述べているが、江戸っ子・龍之介が「東京」というものに漠然と感じている居心地の悪さが反映しているのだろう。「木がらしや目刺にのこる海のいろ」には「長崎より目刺をおくり来れる人に」という前書がある。

「兎も」には「破調」と前書がある。定型を守ることには厳しかったから、たまたまできてしまった破調を面白がっているのだろう。小島政二郎『俳句の天才』には、「兎も」は、初めは「子兎も」で、佐々木茂索に言われて「兎も」に改めたという。でもこの破調は、この句意に案外、マッチしている。

「水洟や」には「自嘲」という前書がある。昭和二年七月二十四日未明、服毒自殺する直前に、主治医の下島勳に渡すように伯母に頼んだことで名高い句（下島勳は乞食俳人井上井月を世に紹介したことで知られる人）。その数年前につくってあった句だが、実質的な辞世句である。この世との留別の句に「自嘲」と前書し、句中に「鼻」を登場させていることは、芥川龍之介という作家を考える場合、大きな意味がある。

言いたいことの察しはついているかもしれないが、なにしろ龍之介の出世作は、夏目漱石に絶賛された『鼻』なのである。その句に「自嘲」と前書するということは、そういう文学者として出発した自分にまで、この「自嘲」が及んでいるということ。荒木正純『芥川龍之介と腸詰め』では、小説『鼻』における鼻は、抑制できない性欲あるいは男根を示していると様々な傍証を持ち出して論じているが、「水涕や」の「鼻」は、それをも含んだもっと広い自我そのものに関わるものだろう。生涯のピリオドを打つにあたって、結局、「自分」というものとはうまくいかなかったとため息をついているのか。しかもその先からは、未練たらしく水涕が垂れているのである。

江戸時代の秋左という俳人に「土雛や鼻のさきから日の暮るる」という作品があり、正岡子規が紹介しているし、龍之介の句の初形は「土雛や鼻の先だけ暮れ残る」だから、この句は秋左の作品の改作だといわれている（中田雅敏『芥川龍之介／文章修業』）。

龍之介の文壇デビューにひと役かった漱石もまた俳句をよくした。子規の友人であったのだから、むしろ、こちらの方が筋がよいといえる。「叩かれて昼の蚊を吐く木魚かな」「秋の江に打ち込む杭の響かな」「腸に春滴るや粥の味」「霧黄なる市に動くや影法師」「有る程の菊抛げ入れよ棺の中」などの佳句をみれば、俳人としても一流だったことがわかる。でもそれぞれにおける俳句への向き合い方には、かなりの違いがあるように思う。

漱石の俳句は、取材する世界が龍之介のものよりも広いし、なんでもソツなく詠んでいる。それをもって、俳人としての柄は漱石の方が大きいとする人が多い。確かに龍之介の俳句で扱う世界は、自分の好みによってかなり狭められているから、そうともいえる。しかし、独自な俳句世界を切り開いたという点では、龍之介に一歩を譲るような気がする。

小説家としての龍之介は短編作家である。長編と違って短編では、題材と文体をいかに緊密に、ブリリアントに結合させるかが勝負である。さらに言えば、日本語表現におけるその極限は俳句である。ジャンルは異なるとはいえ、この点で俳句は短編小説の延長上にあるという言い方もできる。龍之介は、そのことを最も痛切に感じていた文学者でなかったろうか。

芥川龍之介は、小説に向かうのと同じ真剣さで俳句にも向き合った。その小説において、次々に新たなスタイルを工夫して、新しい小説世界を切り開いていったのと同様の姿勢で俳句にも臨んだ。言葉に徹底した彫琢を加え、古格を保とうとしたとはいえ、既存の俳句的世界や情緒にとどまることなく、並の俳人を寄せつけない独自の世界を切り開いた。

秋桜子、バッティング中

水原秋桜子（明治二十五年—昭和五十六年）

Mizuhara Syuuoushi

来たれ俳句の神よ
この野球バットのスウィングに

ある雑誌か新聞で、水原秋桜子（本名・豊）が自宅の庭先で野球バットを握って、素振りをしている写真を見たことがある。その洗練された抒情的な作品世界とのギャップ、意外性で、忘れがたい印象が残っている。

正岡子規も、本名の升(のぼる)を野球（野ボール）と書くほどの野球好きだった。その普及に貢献したことをもって、没後百年目の平成十四年、野球殿堂入りしたぐらいだ。ともに一高野球部で活躍したから、子規と秋桜子は、野球においても先輩・後輩の間柄ということになる。近現代俳句史上、欠くことのできない重要人物が、二人とも野球好きだったということは、興味をそそるテーマではある。

秋桜子のひいきチームは西鉄ライオンズ。折にふれて野球の句もつくっている。

ナイターの負癖月も出渋るか

蜜柑投げ日本シリーズ了りけり

ナイターの光芒大河へだてけり
ナイターやツキのはじめのはたゝ神
高校野球勝ち歌大暑はらひけり
残る虫日本シリーズ近づけり

ナイターは昭和二十三年に、初めて日本で行なわれているから、戦前の歳時記にはもちろん、ホトトギスの最近の歳時記にも載っていない。おそらく秋桜子が季語として初めて使ったのだと思う。それにしても凡庸な句ばかりである。「ナイターの光芒大河へだてけり」「ナイターやツキのはじめのはたゝ神」が少し面白い程度。なにも秋桜子でなければ、といった作品ではない。

彼と野球の関わりでは、それを詠んだ俳句においてではなく、写真で見た素振りにうち込む姿にちょっとこだわってみたいのである。そこには、水原秋桜子という俳人のある本質的な部分が、はからずも露呈しているような気がする。

秋桜子の現代俳句における功績は、第一句集『葛飾』（昭和五年刊）によって、作品の清新な内容はもとより、発表形式を含んだ新しい俳句のあり方を示したこと。そして、「馬酔木」昭和六年十月号に発表した「『自然の真』と『文芸上の真』」によって、ホトトギス離脱を宣言し、高浜虚子による俳壇の一党独裁体制が崩れる端緒をつくり、新興俳句運動という俳句そのものの革新運動への道を切り開いたことである。

『葛飾』における句の配列・構成は、それまで多かった季題ごとや制作年順ではなく、四季に大きく分け、それぞれをさらに「大和の春」「水郷の夏」といったテーマで分け、最後に「筑波山縁起」「古き芸術を詠む」という連作を配するというものだった。

来しかたや馬酔木咲く野の日のひかり

蟇鳴いて唐招提寺春いづこ

馬酔木咲く金堂の扉にわが触れぬ

梨咲くと葛飾の野はとの曇り

連翹や真間の里びと垣結はず

葛飾や桃の籬も水田べり

生ひ出でてきのふけふなる水草かな

鶯や前山いよよ雨の中

高嶺星蚕飼の村は寝しづまり

天平のをとめぞ立てる雛かな

競漕や午後の風波立ちわたり

葭切のをちの鋭声や朝ぐもり

七夕やつねの浪漕ぐわたし守

桑の葉の照るに堪へゆく帰省かな

コスモスを離れし蝶に谿深し

啄木鳥や落葉をいそぐ牧の木々
下総の丘の低さに年木樵
むさしのの空真青なる落葉かな
わだなかや鵜の鳥群るる島二つ
春惜むおんすがたこそとこしなへ

代表句の多くが並んで壮観である。昭和二十年代にも「冬菊のまとふはおのがひかりのみ」「滝落ちて群青世界とどろけり」といった名句をつくるが、秋桜子の句業のすべてはスタート時点で終えてしまった感がある。その後も五十年以上、俳句をつくり続ける彼に、そんなことを言うのは失礼だけど、それほど『葛飾』という句集の後世への影響は、本人の事情を超えて甚大だったということである。

これらの秋桜子俳句からひしひしと伝わってくる主観の尊重と、新しい抒情を切り開こうという姿勢は、それまでのホトトギス俳句にあきあきしていた若者たちを、強烈に惹きつけた。「秋桜子の句は明快で新鮮で、僅か十七字で短歌と全く変わらない自由で豊かなものを感じた」（滝春一『俳句に生きる』）といったところが平均的な反応で、主宰誌「馬酔木」には篠田悌二郎、高屋窓秋、加藤楸邨、石田波郷といった俊英たちが参集する。

しかし一方で、「雑音の全くない、わるくいえば、キレイゴトの手際を存分にみせた、極めて趣味性ゆたかな他所行俳句」（永田耕衣『名句入門』）、つまり綺麗ごとすぎて、真実味が薄いという意見が、今日まで根強くあるのも確か。

たとえば「梨咲くと葛飾の野はとのぐもり」の「梨咲くと」や「とのぐもり」は万葉の語法で、短歌的な調べを利用して、自然への情感を伝えようとする秋桜子なりの工夫である。しかし、句の内面に、もとになった万葉の歌にある素朴な力強さや肉体性などを感じることは難しい。

この秋桜子俳句の趣味性、人工性は、どこからくるのだろうか。それについては「恐らく秋桜子は産婦人科の『本業』に於て、人間に食傷してゐるにちがひない。天の成せる麗質を、荘厳な女性の生命を、無智と貪欲とから台無しにする人間の性生活の結

果ばかりを持ち込まれて、十年二十年」（「秋桜子管見」）、「性生活の結果ばかりを持ちこまれる産婦人科の水原豊博士は、本業から来る反作用で、風景と古美術を愛する俳人になったものと思う」（「現代俳句小史」）という神田秀夫の評が有名である。

ここでようやく例の野球バットの素振りの出番である。神田説が正鵠を得ているとするなら、秋桜子にとってその俳句世界は、あくまで現実世界を切り離したところに、改めて構築されなくてはならない。同様に、宮内庁侍医・産婦人科医・水原豊博士は、俳人・水原秋桜子へと変身しなくてはならない。その変身の儀式があの素振りなのではなかったかと思うのだが、こじつけに過ぎるだろうか。

秋桜子は「医人としての立場から」（『十二橋の紫陽花』収録）を、昭和二十八年に書いている。「茂吉先生の業績に就いて」という副題のつくこの文章は、森鷗外、木下杢太郎、斉藤茂吉の医業にたずさわりながらも、小説、詩、短歌で大きな業績を残した三人が、本業と文筆をどのように両立させたかという点を比較したもの。要するに誰がいちばん楽だったかというのである。それによると、本業との切り替えがスムーズにできた鷗外が、最も恵まれていて、それが難しかった茂吉が、いちばんたいへんだったという。

あの野球バットの素振りは、いうならば俳句の神を招く憑依儀式（その逆でもいいけど）であり、医者から俳人（あるいは俳人から医者）への変身、切り替えに関わる儀式ではなかったかとにらんでいるのである。

背負われ木歩

背負われ木歩

Tomita Moppo

富田木歩（明治三十年―大正十二年）

悲惨な生涯を俳句は救えたか
闇にきらめく神輿の正体は

村上鬼城の項で境涯俳人というものについて考えたが、鬼城と並んで近代の境涯俳人の双璧とされるのが富田木歩（本名・一《はじめ》）である。この位置づけは、山本健吉が『現代俳句』（昭和三十九年刊）において「近代ではわずかに村上鬼城と富田木歩とを、境涯の俳人と呼ぶことができる」と評したことが定着したためだろう。その評価には、鬼城は聴覚障害、木歩は足萎えで歩行困難という身体的ハンディをともに負っていたことも関係していると思う。

それ以前にも吉屋信子「墨堤に消ゆ」（『底の抜けた柄杓』に収録）や野田宇太郎『東京文学散歩　第一巻—隅田川』などで、関東大震災の犠牲になった木歩の悲惨な生涯は紹介されているから、ある程度は一般にも知られてきた俳人である。木歩は明治三十年、本所区向島小梅町に生まれる。現在の東京都墨田区向島一、三丁目。隅田公園の北東部にあたる一帯。明治期の地図を見ると、隅田川の東側のそのあたりに市街地はわずかで、大半は農村地帯である。生家は貧しく、細々と鰻かばやき屋を営んでいた。
二歳のとき、脳性麻痺と思われる高熱で両足が麻痺、生涯、歩行困難の身となる。肺を病んでたびたび喀血もする。小学校には一日も通うことができず、いろはがるたや「どんめんこ」（軍人かるた）で文字を知り、ルビ付きの少年雑誌で漢字を覚え、十七歳ころから句作を始めた。

背負はれて名月拝す垣の外
五月雨や鶏の影ある土間の隅
夜寒さや吹けば居すくむ油虫
我が肩に蜘蛛の糸張る秋の暮
大雪や手毬の音の軒つゞき
枸杞茂る中よ木歩の残り居る

鰻ともならである身や五月雨

己が影を踏みもどる児よ夕蜻蛉

夢に見れば死もなつかしや冬木風

寝る妹に衣うちかけぬ花あやめ

かそけくも咽喉鳴る妹よ鳳仙花

夕焼けて雲くづれゆく茂かな

行く春や蘆間の水の油色

船の子の橋に遊ぶや蚊喰鳥

冬田越し巷つくれる灯かな

簀の外の路照り白らむ心太

行人の蛍くれゆく娼家かな

秋風の背戸からからと昼餉かな
提灯の匂ひ身に添ふ春寒し
街折れて闇にきらめく神輿かな
遠火事に物売通る静かかな

当時の俳句初学者の例にもれず、「ホトトギス」への投句から木歩も俳句を始める。まず初学欄を担当していた原石鼎の選を受け、やがて高浜虚子の雑詠選を受けるようになるが、彼らの俳句観に疑問をもち、臼田亜浪や大須賀乙字の「石楠」に移る。さらに大正七年には、渡辺水巴の「曲水」に入る。

しかし、その五年後には、隅田川の堤で関東大震災の猛火にのみ込まれ、二十七年の短い生涯を終えるのである。だから実際に俳句をつくることのできたのは、十年ほどに過ぎない。

境涯俳句という言葉のもつ一般的なイメージは、その作家の実際の生活や境遇が投

影された俳句というよりも、貧困や病気といった不幸を背景にした俳句ではないだろうか。つまり「逆境俳句」である。ここに挙げた木歩の作品からは、彼の生涯を知らなくても、その境涯をある程度はうかがい知ることができる。

「背負はれて」や「我が肩に」は、身障者であることや病身であることを直接、伝えている。後者は木歩の名を世に知らしめた代表句。「枸杞茂る」には「哀れ我が歩みたさの一心にて作りし木の足も、今は半ばあきらめて、其の残り木も兄の家の裏垣の枸杞茂る中に淋しく立てかけてありぬ」と長い前書を付しているのは、俳号「木歩」の由来を語りたかったからだろう。

「鰻とも」にも「我等兄弟の不具を鰻売るたたりと世の人の云ひければ」という前書がある。弟の利助は聾唖者で、兄弟ともに身障者なのは、商ってきた鰻の祟りだという陰口がささやかれていたのだろう。その弟もそして妹も、若くして肺結核で亡くなる。「寝る妹に」や「かそけくも」がそのことを伝えている。

家業の鰻かばやき屋は、隅田川の大洪水の被害を受け、再建資金のため姉たちが花柳界に売られたりしたが、立ち直れず、当時は駄菓子屋をしていた。しかし肺結核を出した家に、口に入れるものを買いにくる客はなく、内職で食いつなぐ困窮ぶりだった。

　なんだか百年前の日本の庶民の不幸のオンパレードを見るようだが、木歩自身にそういう境遇をひがむようなところはなく、性格も明るく、人を惹きつける人間的魅力にも富んでいたようだ。若過ぎる晩年には平和堂という貸本屋を営むが、店を構えたのは向島須崎町。場所がら客の多くは近所の芸者たちだったようだが、友人たちも足しげく訪れているのは、木歩が明るい笑顔で迎えたからに違いない。

　その人柄を反映してか、木歩の俳句にはその暗澹たる現実をテーマやモチーフにしながら、あまり湿ついたところがない。従容と自分の運命を見つめているような静謐さを感じる。「五月雨や」「己が影を」「簀の外の」「秋風の」などからは、身体が不自由ゆえの狭い世界に、しっかり耳目をそばだてている彼の息づかいが聞こえてくるようだ。俳句の石川啄木といわれたこともあったが、山本健吉がいうように、このような諦観は啄木には無縁である。

　とくに注目してほしいのは「街折れて」の一句。これを木歩の代表句に挙げる人はほとんどいないが、この句を読んでから、それまで知っていた他の木歩の作品も、にわかに輝き出した経験がある。

街中を練っていた祭神輿が、少し細い道か路地に入って行ったのだろう。当時のことだから街灯は少ない。その少ない光をきらきら反射する神輿だけが、この世のものではないかのように、闇に浮かび上がって見えているのである。そこからは、生きることに人一倍の苦労を強いられた人の、運命を受け入れる強さや安堵感といったものが伝わってくる。不幸な者、虐げられた者ほど神に愛され、天国に近いという宗教的ビジョンをこの句にみることもできるだろう。

木歩の俳句世界は広くない。行動の不自由さからくる題材の狭さも否めない。見えるものの範囲でしか俳句をつくっていない貧弱さを感じる。まさしく境涯俳句の弱さである。マイナーポエット的弱さといってもいい。しかし問題は質だと言いたい。

境涯俳句と一緒くたにいってみたところで、一人一人の境涯はみな違うわけで、そこをつき抜けて、作品においてどれだけの普遍性を獲得しているか、どれだけの高い境地に達しているかをみないことには、一人の境涯俳人としっかり向き合ったことにはならないと思う。

Shiba Fukio

たゆたう不器男

芝不器男（明治三十六年―昭和五年）

たゆたう不器男

俳句こそ詩中の詩
モラトリアムが生んだ奇跡の名品

世の中は、いやになるほど不公平だ。なかでも人の寿命はその最たるもの。富田木歩、芝不器男というほぼ同時代を生き、ともに二十代で早世した才能豊かな俳人を思うとき、その逃れようのない不条理な現実に、悄然とするしかない。しかし、神様は二人に平等に俳句という表現手段をお与えになった。

芝不器男を語るとき、「珠玉のような抒情俳句」「夭折の天才俳人」といった言葉が決まり文句のように持ち出される。確かにその言葉に偽りはないが、彼はあまりにパターン化されて語られ過ぎているように思う。二十六歳で世を去った地方俳人に、ダイナミックな社会との交渉や後世への大きな影響を望むべくはないのは当然としても、このようなレッテルを貼って、その評価を終えた気になってしまうには、あまりに惜しい俳人である。残された作品は二百句余り。その十分の一ほどを選んでみた。

下萌のいたく踏まれて御開帳

永き日のにはとり柵を越えにけり
椿落ちて色うしなひぬたちどころ
麦車馬におくれて動き出づ
人入つて門のこりたる暮春かな
向日葵の蕋を見るとき海消えし
虚国の尻無川や夏霞
風鈴の空は荒星ばかりかな
あなたなる夜雨の葛のあなたかな
町空のくらき氷雨や白魚売
水流れきて流れゆく田打かな

卒業の兄と来てゐる堤かな

泳ぎ女の葛隠るまで羞ぢらひぬ

寒鴉己が影の上におりたちぬ

白藤や揺りやみしかばうすみどり

栗山の空谷ふかきところかな

落鮎や空山崩えてよどみたり

繭玉に寝がての腕あげにけり

銀杏にちり〳〵の空暮れにけり

一片のパセリ掃かるゝ暖炉かな

大正十四年から死の前年の昭和四年までの五年間につくられた二十句である。不器男は二十代の前半。その若さで、これだけイメージが鮮明な句をいきなりつくることができたことに、まず驚かされる。家族には俳句をたしなむ者が多かったというから、幼少から俳句には親しみ、さほど抵抗もなくつくり始めたのだろうけど、スタート時点で、早くも自分の俳句が向かおうとする方向を、しっかり見定めていたようにさえ思われる。

「永き日の」を不器男の代表句とすることに躊躇しないが、平凡な写生句だとする人もいて、この句は、詩的感受性の鈍い俳人を見つけ出すリトマス試験紙にもなってくれる。なにげない情景をなにげなく詠んだような印象だが、この句のもつ詩的喚起力は素晴らしい。ポジが一瞬にしてネガに変わるような詩的喚起を、ごくさりげなくできたところに彼の底力を感じる。

「麦車」も一瞬の情景をさりげなくとらえている。しかし、麦車とそれを挽く馬との間に生じた一瞬の動きのずれに強くピントを絞ったことで、日常的な時間の流れはせき止められ、解体され、読者はいつしか非日常の詩的時間に身をゆだねていることを知るのである。

「人入つて」も不思議な詩的喚起力をもった句である。舞台上の無言劇を見ているような思いにさせられる。静を強調するために、あえて動から静へという移行を見せることによって、「暮春」の静けさはより強化されて、ゆるぎないものになっている。「あなたなる夜雨の葛のあなたかな」。この繊細さ、優美さ、柔軟さ、そしてゆるぎない風格。万葉集などに学んだ古典的な語法が消化され、作者の情感を嫌味なく伝える。「ホトトギス」（大正十五年十二月号）に「うちまもる母のまろ寝や法師蝉」とともに初入選した句で、高浜虚子の名鑑賞などもあって有名になった。前書に「二十五日仙台につく　みちはるかなる伊予の我が家をおもへば」とあるから、遊学先の仙台に着いたばかりのとき、遠い故郷を思ってつくられたことがわかる。

初形は「陸奥の国と伊予の間の真葛かな」。それが四度も姿を変えて、完成に至る。「の」を軸にして、「あなた」のリフレーンがイメージの波動を広げ、読むものの心の波動に共振していく。石田波郷の「朝顔の紺の彼方の月日かな」を連想する人が多いかもしれないが、波郷の句には、この波動の共振は感じない。葛の葉の裏側には白い毛があり、「うらみ葛の葉」と言われたり、一端を引けば遠くに応える蔓草の性質も句意に沿う。不器男が親しんだ故郷の川の堤には、葛が生い茂っていたという（草間時彦『旅・名句を求めて』）。
以上の「永き日の」「麦車」「人入って」から「あなたなる」までの作品は、大正十五年の一年間につくられている。「寒鴉」と「白藤や」を除く代表句のほとんどがつくられたこの年は、樋口一葉の「奇跡の十四ヶ月」に比したくなるほどの豊穣ぶりだ。郷里を離れていたことが、句作の上では、かえっていい影響を与えたのかもしれない。

不器男は、愛媛県北宇和郡明治村（現・松野町）松丸に生まれる。飴山實は自身が編纂した『芝不器男句集　麦車』の解説で次のようにその地を描写している。「不器男の生まれた松丸は、土佐湾へそそぐ四万十川の上流の広見川がつくる狭い流域に沿う村落の一つであった。〈中略〉峡谷の両側には三百メートル余の山がぎっしりと連なり、山気は朝ごとの濃い川霧に凝り、瀬音は日がな一日澄んだ空にひびいた。広見川の流域は狭いながらの稲作のほかに養蚕も盛んであった。楮や櫨も多く、松丸は紙や蝋の集散地でもあった」。

生家は比較的裕福で、読書はもちろんのこと、旅行や山歩き、テニスやハーモニカに興ずる明朗で屈託のない青春の日々を送ったようだ。造園家を志して東京帝国大学

農学部に入るが、夏休みの帰郷中に関東大震災が起こる。不器男はあっさり学業を放棄。そのまま郷里に残る。二年後に東北帝国大学工学部に入るが、ここも二年で中退。三年後の昭和五年、悪性肉腫で亡くなる。

つまり不器男には、社会的な上昇志向もなければ、都市労働者として故郷をあとにせざるを得ないといった事情もなかった。言ってみれば、彼はずっと「モラトリアムの季節にあった」（堀内統義『峡のまれびと』）。そして、結局そのまま生を終えてしまうのである。一片のパセリが暖炉に掃かれるように。

その作品を作者の視点からながめると、俳句作品においての不器男の興味は、他者としての人間よりも、自分の心性を託した自然、他者との対話よりも自己との対話にあることは明かである。そこに脆弱なモラトリアム的世界をみることはたやすいだろう。彼の敬愛した芥川龍之介、あるいは堀辰雄や立原道造に通じる世界である。しかし私たちが読んでいるのは、二十代半ばの青年の作品なのである。

確かに不器男はモラトリアムのまま、その人生を終える。たゆたうような儚い一生だった。しかし、奇跡のように完成度の高い作品がその跡に残された。

茅舎散華

Kawabata Bousya

茅舎散華

川端茅舎（明治三十年―昭和十六年）

天衣無縫の開けっぴろげ世界
そこに花咲く茅舎浄土

川端茅舎（本名・信一）は四十四歳で亡くなる。現在の感覚からすると夭折といっていいだろう。晩年の十二、三年は脊椎カリエスのために、病臥の生活を送る。仏道を信心し、「新しき村」の村外会員になったりする。写真を見ると、少年の面影を濃くとどめた端正な面立。その筆跡はプリミティブアートを思わせる律儀な楷書。それらのことがさまざまに絡まって、漠然とした茅舎像を抱いてきたけど、そんなイメージは別にして、丁寧に作品につき合ってみると、一筋縄ではいかない複雑な世界をもった俳人であることがわかる。

茅舎は生涯にわたって高浜虚子を崇拝する。俳句においても虚子の選が絶対だった。しかし俳句の洗礼をまず受けたのは、江戸俳諧の流れを汲む大場白水郎や久保田万太郎といったホトトギスとは一線を画すグループによってだった。二十一、二歳のそのころは、こんな句をつくっていた。

梅咲いてゐる要塞地帯かな

甘酒や土手からのぞく長命寺

陸軍省海軍省のさくらかな

菜の花に便所のような祠かな

悪くはないけど、やや軽い。後年の重量感のあるストイックな句を知っていると、やはり虚子と出会ってよかったと茅舎のためには思う。けれども、他の道もあったなあと、つい考えてしまうのだ。「花鳥諷詠真骨頂漢」などと虚子におだてられ、松本たかしとともに、ホトトギスの花鳥諷詠を代表する作家にされてしまうけど、整理整頓されたホトトギス俳句からはみ出すものを、茅舎はたくさん持っていた気がする。

茅舎を語る場合の常道だけど、やはり露を詠んだ句からみていきたい。第一句集『川端茅舎句集』の冒頭「秋」の部には、以下の五句を含む露の句ばかり二十六句が並んで壮観である。

夜店はや露の西国立志編

白露に阿吽の旭さしにけり

金剛の露ひとつぶや石の上

一聯の露りん〳〵と糸芒

露の玉蟻たぢ〳〵となりにけり

露は万葉の昔から、はかなさの象徴として和歌や俳句に広く詠われてきた。「露の世」「露の身」「朝露の命」といえば、世の中や人生の仏教的無常を意味した。たとえば一茶が子供を失ったときにつくった「露の世はつゆの世ながらさりながら」という句は、そういった仏教的通念に全面的に寄りかかっている。しかし、ここにある茅舎の句中の露はどうだろう。低徊趣味が少し鼻につく「夜店はや」を除けば、そのような通念化されてきた露とはほど遠い。

人の手あかのつく前の、露そのものと茅舎は向き合っている。「金剛の」では、身じろぎもせず露を凝視している。そこに生じる緊張した時空間を、読者も共有する。すると「石の上」のやがて消えてしまう、はかなさの極みである「露ひとつぶ」が、堅固さの極みである「金剛」に、いつしか変換されているのである。

「露の玉」については小林恭二が次のように鑑賞している。「茅舎は一見手堅い写生句にみえるこの句についても、秘密の価値転換を行っているんです。つまり儚いものは永遠に通じ、小なるものは大に通じる。柔らかさは硬さへ、静寂は驚きへと変換されるのです。〈中略〉彼は露を例によって凝視しているうちに、それが途轍もなく不思議なものに見えてきたのです。その驚きを蟻に仮託したのです」（「俳句研究」平成十五年九月）。

この変換の妙味が、茅舎の一連の露の句を味わうポイントだと思う。でも、もともと露という言葉自体が両義的なもので、「菊の露」は不老長寿をもたらす仙薬、「蓮の露」は極楽往生の暗喩である。現世では、はかなさの象徴であったものが、反転して、来世では永遠と充足を表わすものとなる。茅舎はその露の両義性を利用したともいえ

るのである。
これらの露の句からうかがえる対象に強く視覚的に肉薄していく姿勢は、茅舎俳句の特徴のひとつである。虚子のいう客観写生どころではない。もともとが画家志望で、岸田劉生に師事していたこともある。父も絵をよくしたし、兄は川端龍子である。絵画を学ぶ過程で、視覚的に対象に迫っていく姿勢が養われたのではないだろうか。

ぜんまいののの字ばかりの寂光土

蛙の目越えて漣又さざなみ

しぐるゝや目鼻もわかず火吹竹

かたつむり脊の渦巻の月に消ゆ

いずれも超ズームのレンズで対象に肉薄していくような迫力。目の前のものと一体化してしまうのではないかと思うほど対象に接近している。また、後藤比奈夫が指摘しているように（『わが愛する俳人』第一集）、「しん〳〵と雪ふる空に鳶の笛」「たら〳〵と日が真赤ぞよ大根引」「ひら〳〵と月光降りぬ貝割菜」などの作品に見られる擬態語の多用も顕著だ。擬声語があまり使われていないのだ。この点にも、茅舎俳句における視覚優位の傾向が現われている。

金輪際わりこむ婆や迎鐘
霜柱崖は毛細根を垂り
蟻地獄見て光陰をすごしけり
土《つち》不《ふ》踏《まず》ゆたかに涅槃し給へり
蠅を打つ神より弱き爾かな
白牡丹われ縁側に居眠りす
雪の原犬沈没し躍り出づ

約束の寒の土筆を煮て下さい
潰ゆるまで柿は机上に置かれけり
朴散華即ちしれぬ行方かな

これらの代表作をたどるだけでも、その背後に花鳥諷詠、客観写生といったフレームなど軽々と越えてしまう豊穣な世界を茅舎は持っていたことがうかがえる。豊穣というと、少しきれいごと過ぎるかもしれない。不透明で、ネガティブなものも含んだ混沌とした豊かさといえばいいだろうか。

卑俗なもの下世話なものでも、あまりもの怖じせずに詠んでいるし、「春泥に子等のちんぼこならびけり」「星亭墓前に大き糞凍てぬ」「咳暑し茅舎小便又洩らす」といったお行儀の悪い句もたくさんつくっている。また、自己陶酔的ナルシズム、嫌味な媚態、過度な感傷に溺れるような、たとえば「草餅のやわらかしとて涙ぐみ」といった句もあっけらかんとつくるのが茅舎である。

開けっぴろげな天衣無縫さを、茅舎の俳人としての基本的な構えに感じる。しかしそこから、後期の傑作「潰ゆるまで」と「朴散華」が生まれるのである。それには正直、感嘆するし、俳句という文芸の不思議を目の当たりにするようだ。

夢に舞うたかし

Matsumoto Takashi

夢に舞うたかし

松本たかし（明治三十九年―昭和三十一年）

夢に舞うたかし

能を断念して俳句へ しかしそこでも能を舞う「たかし楽土」

川端茅舎が生前、最も信頼を寄せていた親友は松本たかし（本名・孝）だった。茅舎が九歳年上だが、同じ結社に属する有力作家どうしという間柄を越えた刎頸の交わりを結ぶ。茅舎は「たかしは生来の芸術上の貴公子」（第二句集『鷹』跋）と評し、「たかしは僕には句修業の句兄弟だが何か兄弟以上に感じさせられてならない」（『現代俳句文學全集』第四巻）という。たかしは「『こいつは天才だナ』と思へる生きた丸のまんまの人間と『君』『僕』で交際へた経験は、見聞の狭い私には茅舎が始めてであった」（「笛」昭和二十七年十月）と述懐している。

二人を結びつけたのは、俳句を始めることになった事情が似ていることもあった。たかしは能楽師を、茅舎は画家への道を、健康上の理由で断念して、俳句に残された生を燃焼させた。共通に抱える挫折体験が、二人をより強く結びつけたとも考えられる。それでは、作品においてはどうだろうか。

踊見る踊り疲れを憩ひつゝ
夜学児の暗き項の凹みかな
時雨傘開きたしかめ貸しにけり
忽然と凧が下りきし軒の空
十棹とはあらぬ渡しや水の秋
通り雨踊り通して晴れにけり
閉ぢがちとなりし障子やこぼれ萩

「時雨傘」までの三句は、大正十三年、「ホトトギス」に初入選したもの。後の四句はその二年後にやはり虚子選に入ったものである。俳句ビギナーにかかわらず、もうかなり出来上がっている。つまり、たかし俳句の骨格をすでにしっかり見せている。

早くも代表作のひとつとされる「十棹とは」もつくっている。
棹を十回もさすまでもなく向う岸に着いてしまう、小さな川のささやかな渡し。それに「水の秋」を配し、さらっと叙述しているのだが、なんといっても船頭の動作に目をとめているところに、能楽師の片鱗が現われている。実際に能にまつわるものを詠んだ作品もたくさんあるが、それ以上に、俳句に向かう姿勢に、能で養われた美意識や鋭敏な感性が生きていると感じさせる句が多いのである。

葉牡丹の火むら冷めたる二月かな
仕る手に笛もなし古雛
ひく波の跡美しや桜貝
流れゆく椿を風の押しとどむ
羅をゆるやかに着て崩れざる
金魚大鱗夕焼の空の如きあり

芥子咲けばまぬがれがたく病みにけり

我去れば鶏頭も去りゆきにけり

行人や吹雪に消されそれつきり

とつぷりと後ろ暮れゐし焚火かな

青天にたゞよふ蔓の枯れにけり

静かなる自在の揺れや十三夜

離れんとしてあたりをる焚火かな

チヽポヽと鼓打たうよ花月夜

我庭の良夜の薄湧く如し

炭をひくうしろ静の思ひかな

天高しのけ反り見れば塔も反る

Matsumoto Takashi

こうして評価の高いたかしの作品を通して読んでみると、どことなく均一な印象。受ける感動の起伏が少ないのである。作品としての良し悪しの話ではない。どれもうまいなとつくづく思うけども、その感動には、俳句という舞台の上で演じられている完璧な演技を見せられているような気分がつきまとうのである。

「羅を」は、俳人としてのたかしの勤務規定のような句だとかねがね感じていた。羅は薄絹地で仕立てた単で、涼しそうな夏の着物。それをゆったりと見事に着こなしているのである。その人はたかし本人だとにらんでいる。能の演技で重視される基本は「構え」である。そこからすべては流れ、連鎖していく。この「構え」を、つねに忘れるなと自分を戒めているのではないだろうか。机の前に、この句を貼っていたかもしれない。

「金魚大鱗」については、少し長めの自解の文章が残されている(『鉄輪』)。物心ついたころから、大柄な金魚の美しさに心を奪われたというたかしの最初の記憶は、上野動物園にあった水族館から始まる。「その水族館その物の持つ照明の美と、非現実的な雰囲気に、言ひ難い魅惑を感じた」というのである。非現実といえば、金魚も人の手による交配を重ねてきた非現実的な魚である。非現実的なものが生む美に、たかしは魅了されているのである。その延長には能があり、そして、たかしにとっての俳句がある。

非現実なものなのだから、なにも好んで醜悪なものを持ち込む必要はない。それが「たかし楽土」などといわれる美しく自足した平安な世界を生み出した。この点で、茅舎とまったく対照的である。こちらは「茅舎浄土」と呼ばれるが、醜悪なものや苦しみを踏まえてこその浄土である。作品の上でも、この違いは好対照を見せる。

能と俳句は、ともに伝統的なものであることを除けば、まったく別種の芸術であると、たかしは言っているが、その俳句をみる限り、彼の俳句と能の世界は、分ちがたく結びついている。俳句の中で、能を舞っていたとさえ言えるかもしれない。

「我去れば」や「行人や」における、能のシテを思わせるシンプルで静謐な所作。「ひく波の」「流れゆく」「静かなる」「我庭の」での宇宙を凝縮したような微細な動き。「とつぷりと」「炭をひく」における、能舞台を思わせるような動と静、明と暗の対比。いずれにおいても、能の世界がたかしの俳句を色濃く染め上げているように思われる。

箱庭の人に大きな露の玉

箱庭とまことの庭と暮れゆきぬ

茅舎の亡くなった昭和十六年の作だが、ここでたかしは、気まぐれに箱庭を能舞台に擬してみたんじゃないかという気がする。それでもやはり、俳人松本たかしを一句に集約すれば、同じ年につくった次の句に至りつく。

夢に舞う能美しや冬籠

享年五十。息を引きとる前の日、見苦しい姿は嫌だからと、髪の毛を整えさせ、爪を自分で切ったという。

多佳子へ恋々

Hashimoto Takako

多佳子へ恋々

橋本多佳子（明治三十二年―昭和三十八年）

美貌の女流俳人という存在
柩の懐中電灯が照らしたものは

橋本多佳子（本名・多満）が、最初に俳句の手ほどきを受けたのは杉田久女である。久女は俳人としても油がのっていたころで、俳句の指導にも熱心だった。しかし、多佳子の方には、俳句をつくることへの確たる自覚があったとは思えない。奥様のお習事の域を出なかったのではないか。自己表現としての俳句への意識が芽生えてきたのは、山口誓子に師事するようになってからだと思われる。その指導のもと、昭和十六年に出されたのが、第一句集『海燕』である。

曇り来し昆布干場の野菊かな
月光にいのち死にゆくひととと寝る
除雪車のプロペラ雪を噛みてやすむ
万燈の裸火ひとつまたたける

「曇り来し」は、「昭和十年以前」としてまとめられている八句中の一句。「ホトトギス」の虚子選に入ったもので、ごくありきたりのホトトギス俳句だ。しかし「月光に」以下の三句は、それとは明らかに趣きを異にする。「昭和十年以前」とそれ以後の句と区切ったことや、後記に、俳句を「本当に勉強をしはじめたのは昭和十年」とあるように、誓子に師事したことが、俳人としてのほんとうの自分のスタートと意識していたことがわかる。

「月光に」は、夫の死に際してのものだが、深い悲傷に沈むだけではなく、片方でその現実を冷徹に見ているところには、はっきりと誓子のいう「写生構成」の方法が生かされている。「除雪車の」や「万燈の」に至っては、これを誓子作と言われても疑う人はいないのではないかと思うほど。このころの多佳子には、「誓子の複製」「女誓子」といったレッテルが貼られたりもする。ホトトギス俳句を脱することはできたが、未だ多佳子俳句の面目、独自性が、はっきりとは現われていないのである。

多佳子は、明治三十二年、東京本郷の箏曲山田流の家元の家に生まれる。十九歳のとき、アメリカ帰りの建築家・橋本豊次郎に嫁ぐ。豊次郎は大阪船場の商家の出で、

結婚を機に、大分に農場を拓くほどの財力を持ち、さらに三年後の大正九年には、現在の北九州市戸畑区にモダンで瀟洒な櫓山荘を建てて、移り住む。この櫓山荘が、北九州の文化サロン的な役割を担うようになり、たまたま高浜虚子が立ち寄ったことで、多佳子は俳句の魅力を知ることになるのである。

虚子が櫓山荘に招かれたときに同席した久女が、当時、近くに住んでいたこともあって、多佳子の最初の師となるわけだが、長くは続かなかった。あくまで夫の庇護のもとでの俳句との関わりなわけで、その意志が優先される。豊次郎は北原白秋といっしょに旅行するほどの文化人ではあったが、平凡な文化愛好家の域を出なかったから、あまり妻が俳句に深入りすることは好まなかった。結局、久女も敬遠されて、櫓山荘への足も遠のいてしまう。

次に師事する誓子に対する豊次郎の信頼は篤かったようだが、不幸にも昭和十二年、急死してしまう。多佳子は、誰の意志に従うこともなく、俳人としての去就を決めなければならなくなる。最大の庇護者を失うことが、一人の俳人の真の誕生をうながすことになるのである。

霧降れば霧に炉を焚きいのち護る
貨車とまる駅にあらざる霜の崖
凍蝶に指ふるるまでちかづきぬ
許したししづかに静かに白息吐く
佛母たりとも女人は悲し灌佛会
過去は切れ切れ桜は房のまま落ちて
雄鹿の前吾もあらあらしき息す
恋猫のかへる野の星沼の星
いなびかり北よりすれば北を見る
螢籠昏ければ揺り炎えたたす
夫恋へば吾に死ねよと青葉木菟

Hashimoto Takako

炎天の梯子昏きにかつぎ入る
祭笛吹くとき男佳かりける
生き堪へて身に沁むばかり藍浴衣
乳母車夏の怒濤によこむきに
罌粟ひらく髪の先まで寂しきとき
星空へ店より林檎あふれをり
雪はげし抱かれて息のつまりしこと
月一輪凍湖一輪光あふ
この雪嶺わが命終に顕ちて来よ
雪の日の浴身一指一趾愛し

「霧降れば」と「貨車とまる」は『信濃』から、「凍蝶に」から「雪はげし」までは『紅絲』から、「月一輪」は『海彦』から、「この雪嶺」と「雪の日の」は『命終』から、それぞれ選んだ。「雪の日の」は、昭和三十八年、癌で入院する前日に短冊にしたためられたという。結局、四ヶ月後に息を引きとることになるが、実は、その葬儀でのある出来事がずっと気になっている。

　誓子は、自分が愛用していた懐中電灯を、「あの世に行っても俳句をつくりや」と言って、その柩に入れたというのである。あの世へ行っても、迷わないようにというわけなのだろうが、いくら師とはいえ、生前、名実とも一家をなした俳人に対しての行為としては、少々、奇異に感じる。あの懐中電灯は、橋本多佳子という女流俳人とその周囲との関係を物語っているのではないか。

　多佳子の代表作を一読した印象は、案外に平板なものだ。全体が「自分を主人公として展開される愛憎葛藤のドラマの連続」（「俳句」平成十年七月、筑紫磐井）として読めてしまうからだ。彼女が俳句において追求したのは、かなりシンプルなものだったような気がする。

　ところが、彼女に対する当時の評価は一様とはいえない。とくに男流俳人？たち

の反応はさまざま。誓子が「女流作家には二つの道がある。女の道と男の道である。橋本多佳子さんには、男の道を行く稀な女流作家の一人である」(『海燕』序)といえば、石田波郷は、多佳子さんには女の道をこそ歩いてほしいと異をとなえる。波郷はその作品にも辛辣な評価を下している。この違いの背景には、当時、俳壇の両雄と並び評されていた二人の対抗意識があったとも考えられる。あるいは、誓子の主宰誌「天狼」の創刊時の同志ともいうべき平畑静塔などの多佳子評にも厳しいものがある。

かりに俳句を感情の表現としてみた場合、多くの女流俳人のそれが情感の表現とすれば、多佳子のそれは情念というべき激しさをもつ。一途にそれを詠い上げる美貌の女流俳人を前に、どう扱っていいのかわからず、手をこまねいている男流俳人たち。そんな図が見えてくるのだ。

誓子なくして多佳子はなかったとは、確かにいえるが、それにしたってお棺に懐中電灯はないだろうと思う。ありあわせのことばで多佳子を評してはみたが、核心までそれが届いているという確信がもてず、うろうろする男たち。

彼女の柩に入れられた懐中電灯は、そんな彼らの腰の坐らない気持の、悲喜劇的な象徴に見えてしようがない。

お幸せ汀女

お幸せ汀女

Nakamura Teijo

中村汀女（明治三十三年—昭和六十三年）

主婦俳句のスターは「現代」「都市」の外に輝く
保守俳句の落し穴

この時代だけに限らないけど、優れた作品をもつ俳人であっても、それだけで世を渡る、生計を立てていくのは難しい。糊口をしのぐ途は他に持たなければならない。安定した職をもつのが最も無難だが、できるだけフルタイムで俳句に専念するためには、結社を経営する、つまり弟子をたくさんつくるか、教師・研究者になるか、マスコミ活動に邁進する、つまりタレントになるかぐらいしか方法はない。この趨勢はますます強まる傾向にある。

昭和二十六年の民間ラジオ放送の開始、二十八年のNHKテレビの本放送の開始を機に俳人のタレント化の途が、マスコミに向けて大きく開かれるわけだが、中村汀女（本名・破魔子）はその最初のケースといえる。その美しさはもちろんのこと、氏育ちのよさ、健全性、向日性などなど、当時のマスメディアが求めるタレントの要件を彼女は過不足なく満たしていた。五十三年にはNHK放送文化賞を受賞している。

しかしこのことは、彼女が積極的に自ら求めてそうしたことではなし、そもそもプロの俳人をめざさなければならない経済的理由もなかった。結果的にそうなったわけで、あえていえば人徳というしかない。まわりをそういう思いにさせる何かを彼女がもっていたということだろう。同様のことは、汀女の俳壇デビューの仕方にもうかがうことができる。

昭和九年にホトトギス同人となっていた汀女だが、まだ個人での句集はもっていなかった。十五年、当時としては画期的な文庫版の句集シリーズ「俳苑叢刊」全二八冊(三省堂)に、高浜虚子の次女・星野立子とともに、汀女の句集が収録されることが決まると、虚子は立子の『鎌倉』と汀女の『春雪』を　姉妹句集　として、それぞれまったく違う句集なのに、なんとまったく同じ序文を付して登場させるのである。

前にも後にも、このようなかたちで句集が刊行されたケースを知らないが、坪内稔典はその理由として、この「俳苑叢刊」には、虚子が嫌っていた新興俳句系の作家も多く収録されているので、それらに対抗するために、このようなことを思いついたのではないかと推定している。当時の三省堂出版部には、新興俳句系の渡邊白泉や藤田初巳なども在籍していた。

なにはともあれ、女流とはいえこのような過剰とも異様ともいえる師の庇護のもと

で、汀女はきわめて恵まれたかたちの俳壇デビューをはたすことができたのである。
その汀女の第一句集『春雪』をみていきたい。

さみだれや船がおくるゝ電話など
とゞまればあたりにふゆる蜻蛉かな
曼珠沙華抱くほどとれど母恋し
噴水や東風の強さにたちなほり
泣いてゆく向ふに母や春の風
たんぽゝや日はいつまでも大空に
稲妻のゆたかなる夜も寝べきころ
秋雨の瓦斯が飛びつく燐寸かな

枯蔓の太きところで切れてなし

ゆで玉子むけばかゞやく花曇

あはれ子の夜寒の床の引けば寄る

夕焼けてなほそだつなる氷柱かな

咳の子のなぞなぞあそびきりもなや

毛皮店鏡の裏に毛皮なし

わが心いま獲物欲り蟻地獄

汀女の句は当初から「台所俳句」「厨俳句」などと呼ばれ、その社会性や文学意識の欠如、視野の狭さを非難されることが多かった。蔑称のようになってしまったこの名称は、もとはといえば、虚子が女性を俳句に引き込むために「ホトトギス」に設け

た「台所雑詠」欄からきている。女性のよく知る台所の周辺に、俳句の素材を探してもらえば、女性初心者でも俳句に取り組みやすいだろうという、俳句大衆化を視野に入れた虚子の戦略である。

確かに汀女の作品の素材は、家庭での日常生活から拾われてくるものが多い。しかし、もちろん素材が作品のすべてではない。先入観を排して、虚心に彼女の作品に向き合うことが必要だろう。

そしてまず感じるのは、そのなんとも言えない安定感である。知恵のこだわりがなく、女性としての自然さが、そのまま句の姿になっているような思いにさせられる。そしてその根ざしているのが、母性というものであることに思い至る。どっかとそこに腰を据えて揺るぎない。だからといって陳腐、凡庸というわけではない。良妻賢母としての日常の圏内を逸脱することはないが、発想そのものは通俗にとらわれず新鮮である。

とはいっても、全体としてみてやはり「詩」としての物足りなさが、彼女の作品についてまわるのも否めないのである。最後の「毛皮店」と「わが心」は、汀女俳句としては少し異色で、その安定した世界を抜け出ようとする気配を微かに感じる。でも結局は、気配だけで終わってしまった。
昭和五年、横浜税関に転任の夫とともに、汀女は横浜に移り住む。

街の上にマスト見えゐる薄暑かな
地階の灯春の雪ふる樹のもとに
工場のいつもこの音秋の雨
ガソリンと街に描く灯や夜半の夏
アンテナの竿をのぼりし月涼し

これら横浜で目にした都会的な新しい素材に挑戦した作品は、たとえば同時期、やはり俳句の素材としては新しいものにチャレンジしていた山口誓子の作品とくらべると、ずいぶん印象が異なる。
男女の違いを差し引いても、これらは、たとえば誓子の「さかり場に鉄骨立てり近

松忌」「ピストルがプールの硬き面にひびき」「枯園に向ひて硬きカラア嵌む」などにくらべ、気負いがなく、ごく自然に「現代」の新しい素材が消化されているかのように一見、みえる。しかしそうみえるのは、汀女にとっての現代が、あくまで俳句の素材、対象でしかなかったからである。それは自分の満ち足りた生活の外側に存在した。自分もその中で息をし、日々生をいとなむものとしての現代ではなかった。

「都市」や「現代」は、見通しのきかない混沌や厳しい葛藤の世界である。その中にあって、内心との矛盾や齟齬をいかに外界と拮抗させていくか。そこにこそ「現代俳人」の真価が問われるのだと思うのだけど、その過程を、汀女俳句にはほとんどうかがうことはできない。

結局、そのことが俳句作品としていくら完成度が高くても、またしっかりと現代に目を向けていても、読者としてはある種の物足りなさをどうしても感じてしまう原因になっているのだと思う。そしてまた、俳人タレントとして、世間も受け入れやすかった理由ではないだろうか。

Hino Soujou

モダニスト草城

日野草城（明治三十四年―昭和三十一年）

モダニスト草城

衣裳としてのモダニズム・リベラル俳句は時代に乗って時代に流される

日野草城（本名・克修）は、明治三十四年生まれで、山口誓子と同じ歳である。でも俳句では先輩格。というよりも誓子を俳句に導いたのは草城である。京大三高俳句会で鈴鹿野風呂と草城の指導を受けることから、誓子の本格的な作句活動は始まる。また、水原秋桜子と誓子のホトトギス離脱が、俳句革新をめざす新興俳句運動の伏流になっていくのだが、それに先んじて、ホトトギス内部においてモダニズムの清新な風を吹かせ、それを離れてから、新興俳句運動の中心のひとつになっていく「旗艦」を率いたのも草城であった。

現代俳句の流れの中で、キーマン的な重要な役割を草城は果たしているのである。ところが、彼に対する評価は、秋桜子や誓子にくらべて格段に低い。それはいったいどうしてなのか。

春暁や人こそ知らね木々の雨

春の夜や檸檬に触るる鼻のさき

春の夜のわれをよろこび歩きけり

春の灯や女は持たぬのどぼとけ

ところてん煙の如く沈み居り

ものの種にぎればいのちひしめける

かじかめる俸給生活者の流

ひと拗ねてものいはず白き薔薇となる

まのあたり静かに暮るる冬木かな

高熱の鶴青空に漂へり

見えぬ眼の方の眼鏡の玉も拭く

よくとり上げられる草城の作品を十句選んでみた。これらの多くは大正から昭和初期にかけてつくられたことを思えば、これらの句がたたえる清新さが、当時、いかに新鮮に映ったかが想像できる。とくに比喩や取り合せは冴えていて、旧弊な俳句のもつ重くれがなく、いかにも身軽な感じがする。

ところが、この「身軽な感じ」が、作品そのものの軽さ、内容の浅さと受けとられ、「当時として眼新しくはあったが、所詮それだけのものだ」（『現代俳句』）と山本健吉などが酷評したあたりから、今日に至る草城観がかたちづくられることになる。山本の裁断は、現代俳句史上、それなりの役割を果たした俳人に対して、あまりにも安易にすぎるが、しかし、そこにはそれなりの理由があったのだと思う。

草城が全俳壇的に注目される存在になったのは、昭和九年、創刊されて間もない「俳句研究」（改造社）に、「ミヤコ・ホテル」と題する連作十句を発表し、これが毀誉褒貶の的になったからであった。

けふよりの妻と来て泊る宵の春

春の宵なほ処女なる妻と居り

枕辺の春の灯は妻が消しぬ

をみなとはかかるものかも春の闇

薔薇匂ふはじめての夜のしらみつつ

妻の額に春の曙はやかりき

うららかな朝の焼麺麭はづかしく

湯あがりの素顔したしも春の昼

永き日や相触れし手は触れしまま

うしなひしものをおもへり花ぐもり

吉井勇の「君とゆく河原づたひぞおもしろき都ほてるの灯ともし頃を」などから想を得て。新婚初夜をモチーフに連作にまとめたもの。草城自身は新婚旅行をしていないので、あくまでフィクションである。これを久保田万太郎、中野重治、そして中村草田男などが激しく非難。それに対して室生犀星が擁護するといった論争が起きる。表面的な論点はモチーフをめぐるものであったが、根底には、作品自体のもつ軽さとモチーフの関係が、これでよいのかという疑いを持たれたのではないか。いくらセンセーショナルに性やエロティィズムを扱ったといっても、掘下げは浅く、内容も常識の域を出ていないのではないかという疑問である。

西東三鬼は、この作品について「先生の才腕からすれば、あのやうな作品は易々たるものであつて、作句の目的は、俳句に青春性を与へる点にあつたに過ぎない」（「俳句」昭和三十一年五月）、「これによって、俳句に青春性を与えた功績を讃え、一方では、渋面を作って厳粛がる俳人の態度を、解放したと思っている」（『俳愚伝』）と述べている。なんだか、むきになるほどの作品ではないと言っているような気がする。エロティィズムを自身の俳句の重要なテーマやモチーフにした三鬼の目には、「ミヤコ・ホテル」はたわいもない作品と映っていたかもしれない。

草城俳句の「身軽な感じ」は、既存の俳句形式に安住しているところからもきている。そのぬくぬくとした場で発揮される才気や小器用さが、草城俳句の魅力といえば魅力なのではないか。だから現代俳句史上において、キーマンとしての出番はあるけど、その基軸を動かしてゆくメインキャストにはなれなかったのではないだろうか。

現代俳句におけるメインキャストといえば、なんといっても山口誓子。現代俳句が趣味俳句の世界を脱するために決定的な役割を果たしたのが誓子である。復本一郎の『日野草城―俳句を変えた男』では、その誓子と草城の作品を並べて、比較している。

夏草に汽罐車の車輪来て止る　　誓子

常夏や軋りて止る貨物汽車　　草城

「夏草に」は昭和八年作。「常夏や」は、その八年前に刊行された『花氷』に収められているから、草城の句がなければ誓子の句は生まれていなかったはずだという。確

かにモチーフは似ている。そっくりといってもいい。しかし、それは同じ絵具を使ったから、似た絵だと言っているのに等しい。似ているのは外観だけ。句の志ともいうべき点で、この二句はまるで異なる場所に立っているのだ。「夏草に」には、物をもって物自身を語らしめるのだという方法論の探求があるが、「常夏や」には、そのような意欲はない。句格というべきものが、まるで違うのである。この違いは小さいようで、実は決定的に大きいのだ。結局、この差が現代俳句史上における二人の位置を分つのである。

草城は、モダニズムとリベラリズムを標榜する。でもそれは、はやりの衣裳をまとったものに過ぎなかったようだ。だから流行には乗れても、流行を超えるような、つまり俳句の歴史を変えていくような作品を残すことはできなかった。

このことは、新興俳句運動における彼の役割の限界も示している。多くの新興俳句系の俳誌が弾圧される中で、「旗艦」がそれを免れるのは、当時の国家権力にとって、それが弾圧に値しなかったからである。神田秀夫は次のように草城を評している。「草城の仕事の性質は、何も合法非合法すれすれの線などといふ無理をしてまでやらなければならない仕事ではなかつたのである」(「戦前・戦時・戦後の草城」)。

Yamaguchi Seishi

誓子苛烈徹底す

山口誓子（明治三十四年―平成六年）

誓子苛烈徹底す

その俳句理論の苛烈さ、徹底性は現俳壇俳句の退行現象するを照射する

山口誓子（本名・新比古）の存在なくして、今日の現代俳句はなかったと多くの人は言う。それでは、彼の主張や作品が、最近の俳句作品にどのように反映されているのかということになると、よくわからなくなる。最近の俳句総合誌などで見かける俳句に、誓子俳句の影響をうかがわせるようなものを見つけるのは、容易ではない。それは、誓子に問題があるのか、時代の問題なのか、あるいは俳句という文芸形式そのものの問題なのか。ともあれ昭和七年刊の『凍港』から昭和四十二年刊の『方位』までの十冊の句集から、重要と思う三十句を選んでみた。

流氷や宗谷の門波荒れやまず

凍港や旧露の街はありとのみ

郭公や韃靼の日の没るなべに

日蔽やキネマの衢鬱然と

七月の青嶺まぢかく熔鉱炉

はたはたはわぎもが肩を越えゆけり

扇風器大き翼をやすめたり

かりかりと蟷螂蜂の皃を食む

さかりばに鉄骨立てり近松忌

陵さむく日月空に照らしあふ

枯れし野に機翼を拡げ車輪を垂れ

夏草に汽罐車の車輪来て止る

手袋の十本の指を深く組めり

春日を鉄骨のなかに見て帰る

ピストルがプールの硬き面にひびき
枯園に向ひて硬きカラア嵌む
夏の河赤き鉄鎖のはし浸る
ひとり膝を抱けば秋風また秋風
蟋蟀が深き地中を覗き込む
麗しき春の七曜またはじまる
つきぬけて天上の紺曼珠沙華
春水と行くを止むれば流れ去る
秋の暮山脈いづこへか帰る
海に出て木枯帰るところなし
炎天の遠き帆やわがこころの帆

夕焼けて西の十万億土透く

悲しさの極みに誰か枯木折る

海に鴨発砲直前かも知れず

全長のさだまりて蛇すすむなり

冬河に新聞全紙浸り浮く

生前の句集としては、晩年にかけて、さらに七冊出しているが、これといった作品を見出せない。面白い作品がないわけではないが、すでに確立された誓子俳句を繰返し見せられているような印象で、退屈してしまう。長命だったから、やむを得ないともいえるが、たとえば阿波野青畝や加藤楸邨の晩年の作品に見られた、老年ならではの妙趣といったものも感じない。それは、誓子俳句が多分に理論を土台として築かれたものだったからでもある。

誓子の功績は、水原秋桜子とともに、虚子の唱える客観写生・花鳥諷詠の呪縛から、近代俳句を解き放ったことである。写生構成や根源俳句というコンセプトや具象性、メカニズム、作品の内部構造といった概念を駆使した彼の主張は、俳句が引きずってきた既成概念をうち砕き、俳句をより広い感性の世界に解放した。とくに都市風物を積極的に素材にしたことは、新興俳句運動のひとつの傾向にもなっていった。

昭和初年から二十年代にかけて、自己表現を託する形式として俳句を選びとった人々にとって、誓子の存在はきわめて大きかった。「今日、名ある俳人は、常に誓子俳句を目標として成長し、或は誓子俳句に影響を受けざらん事に努めて成長した」（西東三鬼『山口誓子句集』解説）。それは誓子が、なぜ俳句なのかという根本にまで立ち返って、徹底的に俳句を考え直そうとしたからである。ホトトギス的な趣味俳句では、もちろんそこまでは求められない。求められるのは技術論、方法論、つまり、いかに俳句らしきものをつくるか、である。そんなところで量産される俳句に飽き飽きしていた人々に、誓子の作品や主張は圧倒的な支持をもって迎えられたのである。

誓子の妥協を許さないストイックな精神は、その生い立ちに由来すると多くの人が指摘する。「流氷や」「凍港や」「郭公や」などは、樺太の地をモチーフにしているが、そこで誓子少年は、多感な十二歳から十七歳までを過ごす。歳時記的な情趣を寄せつけない北辺の地で、厳しい外祖父に育てられるのである。十一歳のときには、別れて住む実母に死別する。自殺であった。そのような境遇が、感情を抑え、自己を律することに厳しい禁欲的な性格をつくったと考えられる。

つまり、誓子の俳句や俳句理論の苛烈さ、徹底性には、俳句を実作や理論において追求した結果、至りついたという面と、性格や体質による面との両面があるのではないだろうか。この両面性が誓子俳句やその理論の正確な受容を、ある意味で難しくしているように思う。そして同時代ではなく、時代を隔ててしまうと、よけいにそうなってしまうような気がする。

誓子の散文の素っ気なさは知られているが、筆者にも苦い思い出がある。「太陽」（平凡社）の昭和六十四年一月号で、「奥の細道」特集を組んだとき、誓子にも執筆を依頼したのだが、送られてきた文章の素っ気なさ、味気のなさに驚いた。しかし後の祭りである。昭和四十年に、芭蕉の辿った道を自分も辿ってみたときの紀行文なのだが、きわめて機械的、事務的に芭蕉の行程と自分の行程を書き並べているだけ。後にも先にも、「奥の細道」についての、これほど無機的な文章には出会ったことがない。

そのとき、誓子の性格の一端を強烈に印象づけられた。他の筆者たちの、一般のつまり俳句には関心のない読者にも配慮したサービス精神あふれる文章の中にあって、誓子の文章はまったく孤立していた。それは同時に、この時代における誓子の孤立性を示していたのかもしれない。

宗田安正は「物へのこだわりに裏づけられた誓子俳句のありかたは、詩よりも俳を、詩人の明晰よりも余情や朧化を重んじる現今の俳壇俳句の対極に位置するものであった」（「山口誓子論のためのエスキス」）と述べている。俳句が俳味、余情、朧化といったことばで収斂されていく事態は、現代俳句のある種の退行現象ともいえるのではないか。

戦後の俳句は、とくに一九六〇年代後半からは、新興俳句運動をすっかり忘れ去って、山本健吉などのリードによって、ひたすら保守化を深めてきたわけだが、それを退行現象と決めつけるのは極論に過ぎるだろうか。どうも日本の伝統や古典ということばを盾にして、己のやる気のなさや非力さを正当化しているようにも見える。

今、山口誓子を振り返ることは、この時代の寒々しさを、改めて身に受けとめることでもあるだろう。

苛立つ三鬼

Saitou Sanki

苛立つ三鬼

西東三鬼（明治三十三年―昭和三十七年）

自らを恃むことは苛立つこと
希代のダンディー俳人、昭和を駆け抜ける

西東三鬼（本名・斎藤敬直）が俳句をつくり始めたのは、三十三歳のとき。当時の新興俳句系の俳人の中にあっては、例外的に年齢の遅いスタートである。まわりから「三鬼翁」などと戯称されもした。しかし、たちまち水を得た魚のように新興俳句のスター的存在になってしまう。

また、俳句を始めるにあたって、誰にも師事しなかったというのも例外的なことだった。昭和八年、創刊されたばかりの「走馬灯」十一月号に「寝がへれば骨の音する夜寒かな」「秋風や五厘の笛を吹く子供」の二句が斎藤三鬼の名で初入選するが、選者は日野草城。そのほか、吉岡禅寺洞の「天の川」、水原秋桜子の「馬酔木」、山口誓子、平畑静塔の「京大俳句」、横山白虹の「傘火」（創刊は篠原鳳作）などや「ホトトギス」にさえ、手当りしだいに投句している。いうなれば一人の師につこうなどという気は、初めからないのである。

戦後、三鬼は誓子を主宰者に担いで「天狼」の創刊に関わる。この場合は、師事と

いえるかもしれない。句風もそれを境に大きく変わったようにみえる。したがって、その時点を区切りにして、彼の作品を前期と後期に分けてみていきたい。

水枕ガバリと寒い海がある

白馬を少女瀆れて下りにけむ

算術の少年しのび泣けり夏

緑蔭に三人の老婆わらへりき

葡萄あまししづかに友の死をいかる

昇降機しづかに雷の夜を昇る

湖畔亭にヘヤピンこぼれ雷匂ふ

中年や独語おどろく冬の坂

おそるべき君等の乳房夏来る
中年や遠くみのれる夜の桃
みな大き袋を負へり雁渡る
枯蓮のうごく時きてみなうごく
露人ワシコフ叫びて石榴打ち落す
赤き火事哄笑せしが今日黒し
大寒や転びて諸手つく悲しさ
紅梅を去るや不幸に真向ひて

「湖畔亭に」までが昭和十五年刊の『空港』（『旗』）から、「紅梅を」までが二十三年刊の『夜の桃』からである。誰にも師事しなかったことをもの語るように、初めから誰の句にも似ていない。「ガバリ」なんて、それまで誰が俳句に使おうと思ったろうか。「水枕」の句は、三鬼自身が「この句を得たことで、私は、私なりに、俳句の眼をひらいた。同時に、俳句のおそるべき事に思い到ったのである。〈中略〉細い一本の道が、未知へ向かって通っているのが見えた」（『俳愚伝』）と述べているが、新興俳句にとっても記念碑的な作品である。

「算術の」も広く知られた三鬼の代表作だが、この句が多くの人の心にすとんと納まっていくのは、最後にピリオドのように置かれた「夏」のはたらきに因る。これが間口の広い入口となって、郷愁の中の少年時代の夏へと連れ出してくれるのである。「葡萄あまし」は篠原鳳作の死を悼んでの句。「湖畔亭に」は、白馬山麓の青木湖での作。

「水枕」から「湖畔亭に」は、十一年から十四年にかけてつくられた。この間、戦争をテーマとした連作の無季俳句にも意欲的に取り組む。しかし、十五年には新興俳句弾圧事件で検挙。以後、敗戦まで執筆禁止となる。その間のブランクを経て、二十年から二十三年までの作品を中心にして『夜の桃』をまとめるわけだが、そこに現われたのは、外へ向かっていたエネルギーを内へと向けつつある俳人の姿だった。これを後退とみるか、成熟とみるかは、意見の分かれるところだが、それを問うても、あ

まり意味があるとは思えない。作品をみるかぎり、後期においても、三鬼でなくては実現し得なかった作品世界が、さらに展開されるからである。

頭悪き日やげんげ田に牛暴れ
雪嶺やマラソン選手一人走る
対岸の人と寒風もてつながる
鏡餅暗きところに割れて坐す
薄氷の裏を舐めては金魚沈む
見事なる蚤の跳躍わが家にあり
暗く暑く大群集と花火待つ
つらら太りほういほういと泣き男

満天に不幸きらめく降誕祭

海から無電うなづき歩む初夏の鳩

死にたれば一段高し蝋涙ツツ

青高原わが変身の裸馬逃げよ

うぐひすや水を打擲する子等に

旅ここまで月光に乾くヒトデあり

秋の暮大魚の骨を海が引く

春を病み松の根つ子も見あきたり

「対岸の」までが二十七年刊の『今日』から、「秋の暮」までが三十七年刊の『変身』からである。「春を病み」は絶筆。

後期の作品を読んでから、改めて前期の作品を読み返してみると、『夜の桃』における三鬼は、年齢から俳人をみた場合のターニングポイントにあったことがわかる。この句集の基調に響いているのは、中年意識である。響いているどころではない。ダイレクトに「中年」を句中にも詠み込み、なんだかムキになっているような気配がある。

それは、予定調和的に滲み出てくるような年齢意識ではない。年老いることには、抵抗などできないのだという「生」への苛立ち。その苛立ちには、かつての新興俳句の旗手の面目が現われているのではないだろうか。

戦後、三鬼の季語への態度は変わり、有季定型という枷の中に自ら入ってしまうし、俳壇のオルガナイザーとして、秩序を守る側に身を置く。それを保守への転向と非難する人もいるが、それは単なる見かけだけ、あるいは時代が強いたことではなかっただろうか。作家の内部で醸成された必然性に因るものではないと思う。作家内部では、戦前と変わらず戦後も苛立っていた。外へ向かっていた、その苛立ちが、戦後は内にも向くようになったということではないだろうか。「げんげ田」で暴れているのは三鬼その人のような気がする。

三鬼の最初の弟子であった三橋敏雄は述べる。「三鬼の俳歴は、新興俳句の旗手とうたわれた、その初期以来、一貫してつねに崩壊していくさまざまの期待そのもののむなしさとともに在った」（「現代俳句の世界」9　解説）。その「むなしさ」は、彼にとって多くの場合、やり場のない苛立ちをともなった。そんな自分に彼は正直に向き合い、目を逸らさなかった。そこに、西東三鬼という天才俳人の希有な一貫性をみるのである。

Ishikawa Keirou

江戸っ子?・桂郎

石川桂郎（明治四十二年—昭和五十年）

江戸っ子?・桂郎

俳句は俳句　小説の副産物ではない
境涯の陥穽に落ち込んだ二股作家

石川桂郎（本名・一雄）の名は、一般には『俳人 風狂列伝』、あるいは『剃刀日記』の著者として知られているのではないだろうか。俳人が、俳句以外のいわば余技で知られるのは、不本意に違いない。しかしその俳句作品をみるかぎり、それもやむなしと思ってしまうのは、酷に過ぎるだろうか。

東京の芝に生まれた桂郎は、高等小学校を卒業してすぐに、家業の理髪業を継ぐ。昭和十二年に石田波郷の「鶴」に入り、十四年には同人となる。「鶴」の波郷や石塚友二は、横光利一と親しかったこともあって、横光について小説も学ぶようになる。俳句や小説がすっかり面白くなった桂郎は、剃刀を筆に持ちかえ、文筆で立つ決意をする。十六年には家業を廃業してしまう。

「鶴」に載った彼の文章が、文藝春秋の永井龍男の目にとまったこともあって、短編を次々に発表。十七年、それらをまとめて、『剃刀日記』を発表する。理髪師生活を描いたこの小説は、芥川賞候補にもなり、ラジオでも放送される。つまり、俳句よりも文章の方が先に認められたのである。戦後の四十八年に発表された『俳人風狂列伝』は、読売文学賞を受ける。

桂郎の散文作品は、評伝であるはずの『俳人風狂列伝』を含め、私小説的な色彩が濃い。俳句作品においても、その傾向が強い。俳句においては境涯性ということになるんだろうが、作品のスケールが境涯、生活、身辺といったものを出られない淋しさがある。

激雷に剃りて女の頸つめたし
理髪師に夜寒の椅子が空いてゐる
栗飯を子が食ひ散らす散らさせよ
父の忌の朝より母の懐炉灰
起てど坐れど師の亡かりけり初日影
ラムネ抜く音の思い出三田訪はな

昼蛙どの畦のどこ曲らうか
雛の夜の風呂あふるるをあふれしむ
わが作のラジオ洩る夜の蜆汁
大根引く音の不思議に時すごす
十六夜の妻は離れて眠りをり
水嵩の増しくる如く芹洗ふ
柚子湯して妻とあそべるおもひかな
遠蛙酒の器の水を呑む
酔眼を瞠きみひらき枯葎
左義長や婆が跨ぎて火の終
塗椀に割つて重しよ寒卵

三寒の四温を待てる机かな

ものの喩への喉にまで遅日かな

裏がへる亀思ふべし鳴けるなり

全体に韻文としてに切れに乏しく、散文臭が強い。彼が書く小説などの散文のバイブレーションが、その俳句全体にも響いているような感じである。

その中にあって、「理髪師に」「昼蛙」「左義長や」などは、俳句でしか実現しない世界をしっかり伝えることができている。しかし、その他のおおかたの句は散文の延長。しかも境涯性の濃いそれの延長のようにみえる。

「ラムネ抜く」における「三田」という地名などは、そこで生まれ育った桂郎にしかほとんど意味のないものだろう。普遍性がないのである。「わが作の」における「蜆汁」も同様に普遍性がない。わびしさを出したいという意図はわかるが、なぜわびしいのかという事情は、桂郎が個人的にかかえているものであって、誰にでも共通した

ものではない。だからほかのものにも置換え可能なのである。この「蜆汁」には桂郎の演技しか感じない。「三寒の」が訴えているものも、なんだか生ぬるい。待っているものが「四温の三寒」でもいいのではないか。つまり、その逆もありではないかと思わせるのは、結局は理屈でつくっているからである。

『俳人風狂列伝』の最終章では、西東三鬼をとり上げている(「地上に墜ちたゼウス」)が、三鬼も俳人でありながら、文章もよくした。その『神戸』などは「もう一つの昭和文学史に残る傑作である」(五木寛之『冬の桃』帯文)とまで評される名品である。その散文の世界は、俳人三鬼とどのようにつながっていたか。二つの世界をつなぐのは、一個の人格だから、もちろん底辺ではつながっているはずである。この点では、三鬼も桂郎も同じ。しかし三鬼では、それが二つの異なるジャンルに見事に姿を変えていく。その鮮やかさを桂郎の場合には感じないのである。

三鬼の俳句と小説を合わせて読めば、それは確かに作者は一人だということがわかる。どちらも三鬼だと納得させられる。でも、その俳句と小説は、互いを補完するような関係にはなっていない。それぞれが輪郭鮮やかに屹立しているのである。残念ながら、桂郎における俳句と小説との関係は、このようにはなっていないようだ。なんとなく、互いの領域を侵し合っているような、互いのバイブレーションが干渉し合っているような、すっきりしない印象を受けるのである。

それは才能を別にすれば、つねに桂郎が自分の境涯性を強く意識していたところに起因しているのではないか。それが表現ジャンルへの敬意をうわまわっていたのではないか。平たく言えば、自意識過剰だったのである。自己を表現することに心急き、それが俳句であること、それが小説であることに、しっかり意識を配ることができていなかったように思う。

「激雷に」から「酔眼を」までは、第一句集から選んだが、そのタイトルは『含羞』。これは筆者の選ぶ句集名ワーストテンの上位にランクづけされている。句集名には、結構、みな苦労するが、相当の大家のものでも、ひどいのはたくさんある。この『含羞』は、たとえば中村草田男の『美田』と同様に、過剰な自意識や散文的発想をコントロールできないまま、つけられたタイトルのように思う。

桂郎が師事し、彼の最もよき理解者でもあった波郷は「彼の句は江戸っ子の職人気質を失はない文人としての含羞の文学」と、まさに含羞という言葉を使って桂郎の作品を評した。また「ダンデイで気が弱く、向つ気が強く、てれ屋である。その他いろいろの属性をふくめて江戸っ子なのだ」（「俳句」昭和三十七年二月）という。

確かに、東京育ちのダンディズムと職人気質の古風な律儀さが、彼の作品世界を支えていたのだろう。それはそうだとしても、「含羞」などという言葉を、句集名にストレートに使ってしまう神経は、そのことと矛盾しているんじゃないだろうか。ほんとの江戸っ子だったら、自分の句集に「含羞」と名づけること自体に含羞を感じるはずなのに。

桂郎に最も影響を与えた波郷は、加藤楸邨などとともに人間探求派と呼ばれていた。その生まれるきっかけをつくったのは水原秋桜子。彼がそれまでのホトトギス俳句とは異なった、より主観性の強い俳句をつくりたいがために、高浜虚子のもとを去ったことが、新興俳句、さらには人間探求派を生んでゆく。それにしても、この名前のなんという厚かましさ。自分たちだけが人間を探求しているというのだろうか。

この人間探求派における主観性というものの、曖昧さ、脆弱さを、桂郎はしっかり引き継いでしまったのではないか。自我意識の強い性格が、人間探求派の主観性という錦の御旗を得たことで、結局は、その俳句の世界を狭めてしまったのではないか思っている。

波郷は切字響かずや

Ishida Hakyou

波郷は切字響かずや

石田波郷（大正二年—昭和四十四年）

高揚した韻文精神は戦争を詠う俳句の危うさを体現した人気俳人

近ごろのように、俳句そのものが低迷していると、俳壇の中で脚光を浴びる人が出てきても、その人気が一般にも、すぐに浸透していくということにはなりにくい。しかし、昭和初期から戦争を挟んで三十年代ぐらいまでの、新旧、保守革新入り乱れての、俳句自体の動きの激しかった時代には、俳人が俳壇を離れたところでも人気を集めることが稀ではなかった。西東三鬼や石田波郷（本名・哲大）がその例である。三鬼は新興俳句、波郷は伝統派で、俳句における立場は違ったが、つき合いは親密で気も合ったようだ。二人の大衆的な人気はなかなかのものだった。

郷里の松山で、十五歳ごろから俳句をつくり始めた波郷は、俳人として身を立てることを決意して、十九歳で上京。水原秋桜子の「馬酔木」の編集部に入り、二十四歳にして早くも主宰誌「鶴」を立ち上げる。そして、実質的な第一句集『鶴の眼』を昭和十四年、二十六歳のときに刊行する。

バスを待ち大路の春をうたがはず
あえかなる薔薇撰りをれば春の雷
春の街馬を恍惚と見つつゆけり
夜桜やうらわかき月本郷に
草負うて男もどりぬ星祭
昼顔のほとりによべの渚あり
プラタナス夜もみどりなる夏は来ぬ
日出前五月のポスト町に町に
萩青き四谷見附に何故か佇つ
飯食ひに出づるばうばうたる梅雨の中
百日紅ごくごく水を呑むばかり

はたはたや体操のクラス遠くあり
秋の暮業火となりて秬は燃ゆ
菊古ればもて来し友はもてゆきぬ
吹きおこる秋風鶴をあゆましむ
雪嶺よ女ひらりと船に乗る
冬青き松をいつしんに見るときあり
英霊車去りたる街に懐手

「バスを待ち」と「プラタナス」は、それぞれ昭和八年と七年の作。東京に出て来たばかりの青年の浮き立つような気分が、率直に伝わってきて気持がいい。田舎の夜は、草木の緑も闇に閉ざされているが、この大都会では、街灯に照らされ、青々と輝いているのである。この二句は、昭和初年の東京を舞台にした青春詠の代表的なものだろう。

この句集の題材の多くは身辺から取られているが、ホトトギス流の写生句はあまり見られない。句集全体を貫くテーマは、自分自身といってもいい。つまりは境涯である。「所詮、俳句は生活のあらはれであるべきである。石を詠つても、雲を描いても僕は作者の生活の中の慾や無為やがあらはれるものだと考へる。そして人を搏つのはさういふ慾や無為の上にがつしりと立つた作者の人間全体であろう」（「馬酔木」昭和十四年二月）と述べ、『鶴の眼』を出したころには、「作者の人間全体」が俳句に表われていなければならないと考えていた。

しかし、これらの句には境涯俳句にありがちなみじめさを感じない。境涯を詠っていても、ある種の高揚感に支えられているので、調べは張り、句の丈が高い。甘美な馬酔木調ではあるが、のびのびとして表現や調べに渋滞がない。芭蕉の言い方を借りれば、俳句には、「取合せ物」と「黄金を打ちのべたるが如き物」があるとすると、これらの波郷の句は、だいたいが後者に属する。

そのこととも関連するが、いわゆる切字があまり使われていないのも、際立って特

徴的だ。その後の波郷俳句を知る者には、首を傾げたくなるほど切字が少ないのである。とくに、次の第二句集『風切』（十八年刊）との違いは大きい。こちらでは嫌というほど切字が多用されているのである。有名な「霜柱俳句は切字響きけり」も、この句集に入っている。いったいなにがあったというのだろう。

この時期、勃興する新興俳句運動に対抗するように、波郷は韻文精神の大切さを執拗に唱える。その韻文に必要不可欠なものとして、俳句にかならず切字を入れることを訴えるのである。そのゆきつくところ、一句中での二つの切字の使用まで容認してしまう。「蕗きつて煮るや蕗畠暮れにけり」「手に足に蟻や国原霞けり」「茶を買ふや麻布も暑くなりにけり」「梅雨近き用や葛西にわたりけり」などなど、『風切』三百十八句中十一句が、上句を「や」で切り、下五を「けり」で切るかたちをとっている。

さらに、この『風切』で奇異に感じるのは、戦時体制下でやむを得ないとはいえ、どう見ても皇国俳句とわかる句の存在である。

葉桜の影満身や遺児の栄

深緑や軍馬の高き町を描き

土用波攘ちてしやまむ門出かな

白露やはや畏みて三宅坂

海戦や炭火の息のはげしさに

丈高くまぎれず征けり冬紅葉

といった明らかに時局を反映したと思われる句が、次のような波郷を代表する名作と混在するのが、この句集である。

初蝶やわが三十の袖袂

女来と帯纏き出づる百日紅

朝顔の紺のかなたの月日かな

葛咲くや嬬恋村の字いくつ

顔出せば鵙迸る野分かな

琅玕や一月沼の横たはり

この句集の出た十八年に、波郷は「風切宣言」というマニフェストを発表している（「鶴」十月）。「自分たちは現代俳句の左の三つの傾向を矯正したい。一、俳句表現の散文的傾向　一、平板疎懶甘美なる句境　一、俳句の絶対的価値軽視　然し先づ何よりも、自分達は自らの俳句鍛錬の為に黙々砕身しなければならぬ。一、俳句の韻文精神徹底　一、豊穣なる自然と剛直なる生活表現　一、時局社会が俳句に要求するものを高々と表出すること」。

つまり「韻文精神徹底」と「時局社会が俳句に要求するものを高々と表出すること」は、同一平面上でしっかりつながっていたのである。波郷のいう韻文精神とそれを具体化するための切字の重視は、戦時体制下の国家社会の要請に沿うものであった。長谷川櫂（「俳句」平成六年十月）や橋本榮治（「俳句研究」十七年）なども、この点を指摘しているが、波郷のとらえた境涯や「人間全体」は、戦争というものを内に含むものだったことになる。それが境涯や「人間全体」を抹殺するものにもかかわらずである。石田波郷は、俳句という伝統文芸の危うさを、身をもって示したといえるのではないだろうか。

Watanabe Hakusen

白泉茫茫

渡邊白泉（大正二年―昭和四十四年）

白泉茫茫

生《き》にしてけがれざる無季俳句の追求
その存在は戦後俳壇への無言の批判

渡邊白泉（本名・威徳《たけのり》）は、戦後は忘れられかけていた作家である。俳壇と距離を置いたせいもあるが、なによりも、保守化を深めていく戦後俳壇にとっては、昭和十年代の新興俳句運動の中心作家だった白泉は、不都合な存在であったからである。

俳句に興味をもったのは、慶応義塾普通部の四年生（十六歳）のときで、作句が本格化するのは二十歳のころ。「馬酔木」に投句するようになり、そこで、高屋窓秋や石田波郷を知り、さらに西東三鬼との親交も始まり、ともに姿を現しつつあった新興俳句を強力に牽引していくことになる。

しかし、十五年、治安維持法違反容疑で逮捕。新興俳句弾圧事件である。三ヶ月後、起訴猶予になるが執筆禁止を命じられる。新興俳句そのものの運命とともに、白泉の輝かしい活躍もそこで幕を閉じることになる。しかも、その時点では句集をもっていなかったので、死後六年たった昭和五十年刊の自筆句集稿本の印影本や、五十九年に三橋敏雄編『渡邊白泉全句集』（沖積舎）が出るまでは、その作品の全貌が知られることはなかった。十年から二十年までの二十三句。

街燈は夜霧にぬれるためにある
あまりにも石白ければ石を切る
自動車に昼凄惨な寝顔を見き
鶏たちにカンナは見えぬかもしれぬ
ふつつかな魚のまちがひそらを泳ぎ
ねこしろく秋のまんなかからそれる
かぎりなく樹は倒るれど日はひとつ
日の丸のはたを一枚海にやる
三宅坂黄套わが背より降車

春の雪春の青山の上にふる
きみとゆけば真間の継橋ふつと照る
われは恋ひきみは晩霞を告げわたる
銃後といふ不思議な町を丘で見た
繃帯を巻かれ巨大な兵となる
提燈を遠くもちゆきてもて帰る
あゝ小春我等涎し涙して
憲兵の前で滑つて転んぢやつた
戦争が廊下の奥に立つてゐた
吾子生るわれ頭を垂れてをりしかば

吾子は死にもろ手をたちもちわれ残る

鳥籠の中に鳥飛ぶ青葉かな

夏の海水兵ひとり紛失す

玉音を理解せし者前に出よ

白泉といえば戦争俳句ということになるが、それは声高に反戦や厭戦を叫んでいるわけではない。陸軍参謀本部のある三宅坂の停留所で、自分の背後を降りてゆくカーキ色の外套の陸軍士官や街頭に厳めしく立つ憲兵、人々の心を縛っているらしい「銃後」という不可解なことば、極めつけは「戦争」という得体の知れないもの。それらに感じる違和感、不安感の表現であって、プロレタリア俳句のような表立っての戦争批判ではない。

波郷の戦争俳句とのなんという違いだろう。波郷の詠う戦争は、まさに皇国俳句が対象とする、帝国の存亡を賭けた大東亜共栄圏のための聖戦である。それに対して白

泉の戦争俳句が対象にしているのは、国家権力やマスコミが叫んでいる戦争ではなく、庶民が日常生活の中で、ひしひしと体験している戦争である。だから、それが恋やわが子の生死を詠った句と並んでいても、不自然さを感じないのである。

波郷は伝統を体現しているつもりでいる。だから、その伝統を育んできたはずの日本が国家として行なっていることに異和を感じても、いわば見て見ぬふりをする。そういう道を彼は選んだ。しかし白泉は、伝統をそのようにはとらえない。というか、そのようなかたちだけの伝統にはとらわれない。表現者としては、きわめてまっとうな姿勢といえる。しかし、そのまっとうさ故にあの異常な時代、権力との確執を生むことになるのである。

「私は、素戔嗚尊とドンキホーテとをこよなく愛する。いつはりのないこれらの男達の性情と行動とは、私の崇敬のまとである。生にしてけがれざること、私も及ぶことなら、何とぞかれ等に相如く境に到りたい」（「風」創刊号、「現代俳句」第四集に収録）。昭和十二年に書かれた「東西南北」と題するエッセイの「孫悟空その他」という章の一節である。白泉の不幸をもし言うなら、「生にしてけがれざること」を、戦後も願い続けたことにあるだろう。その結果が彼の俳壇的隠遁だとすれば、不幸は戦後俳壇の方にこそあったと言うべきである。しかし戦後も白泉は、発表のあてのない俳句をつくり続けるのである。

新しき猿又ほしや百日紅

終点の線路がふつと無いところ

鶯や製茶会社のホツチキス

まんじゆしやげ昔おいらん泣きました

冬の旅こゝもまた孤つ目の国

地平より原爆に照らされたき日

行春やピアノに似たる霊柩車

挟み合ふガモフ・カフカや桐の花

桃色の足を合はせて鼠死す

石段にとはにしやがみて花火せよ

稲無限不意に涙の堰を切る

わが胸を通りてゆけり霧の舟

松の花かくれてきみと暮らす夢

桐一葉落ちて心に横たはる

気の狂つた馬になりたい枯野だつた

秋の日やまなこ閉づれば紅蓮の国

昭和四十一年十月、三橋敏雄の第一句集『まぼろしの鱶』出版記念会の二次会で「最近の御作は」という松崎豊の問いに、彼は箸袋に次のように書いて示すのである。

葛の花くらく死にたく死にがたく　　白泉

今日、戦争は目に見えないものにも姿を変えている。もちろん顕在化した悲惨な戦争はあとを絶たないが、ポスト冷戦、ポスト国家主義の時代、戦争の実体は不可視なものに潜在化している。たとえば原発という危険極まりないものを、国民に押しつけようとする国家の姿勢は、戦争を強いる国家のあり方と同質のものではないだろうか。

その見えない同質性を見えるものにするのは想像力である。いわゆる銃後にあって、想像力によって戦争というものに肉薄していった白泉俳句の今日的な意味は大きいのである。

あとがき epilogue

俳句への一般の関心には、もちろん俳句そのものへの興味もありますが、俳人という生き方への興味もともなっている場合が多いのではないでしょうか。それは芭蕉や山頭火などへのいまだ衰えぬ人気をみてもわかります。とくに彼らの漂泊という生き方への憧れは、時代がこのように閉塞してくればくるほど強まっているような気がします。

そのような俳人の漂泊や破天荒な生き方への好奇心に応えるものも、江戸末の竹内玄玄一『俳家奇人伝』から戦後の石川桂郎『俳人風狂列伝』などまで数多く出版されてきました。しかし、俳人はそんなに既存の社会規範を逸脱した特殊な人種なのでしょうか。でも、本書でとり上げた二十五人のほとんどはごくふつうの社会人です。漂泊や風狂なんて、ほかのジャンルの作家の場合にだっていくらでもみられる生き方なのに、なぜとりわけ俳人ばかりがとり上げられるのか。

その理由のひとつには詩型の問題があると思います。なにしろ五七五、十七音という世界最短の詩型に人生を賭けているのです。自己表現なのだから何かたくさん言いたいことがあるはずなのに、なぜあえて、その手段をわずか十七音に限定するような枷を自らに課すのか。言いたいのに言いたくないなんて、どこかおかしいんじゃないの。あまり俳句を知らない人々が、そんなふうに考えるのは自然かもしれません。

「短く言い切る」という俳句の言語表現形式としての特徴を、常識でははかり知れない特殊性、特異性としてかたづけてしまうところから、俳人を特別視する見方も生まれてくるのではないでしょうか。でも、少しでも日本の短詩型文学の歴史をのぞいてみれば、俳句というものが生まれてきた必然的な道筋はみえてくるし、また、海外でも知れわたるほどの詩的普遍性をもつ詩型であることもわかってきます。けして日本だけに特殊に発達したガラパゴス詩型ではないのです。

ですから、学校教育の場などでもう少しちゃんと扱われていれば、状況はずいぶん変わっていたはずです。でも、伝統文芸といえども俳句はあくまで詩ですから、そのすべてを教育の対象にはできません。詩というものは、あくまで個人の内部でしか醸成できないものだからです。それはそうなのですが、ある一定レベルまでの俳句への共通認識、共通理解を根付かせることは可能なはずだと思うのです。

あるいは、「俳句甲子園」のようなオープンな場が増えていくことも悪くはありません。ちなみに本書の帯文を書いてくださった佐藤文香さんは、その第五回目（平成一四年）の優勝者です。これは高校生が対象ですから、大学生対象の「俳句神宮球場」、成人以上が対象の「俳句後楽園」というのだって考えられます。ともかく、結社とか同人誌とかの閉鎖されたところではなく、もっと自由にフランクに俳句を論じたり競い合ったりできて、俳句への共通認識を育てていけるような場がもっとあったらいいのにと思っています。

さて、この本でとり上げた俳人たちですが、とりたてて特異な生き方をした人というわけではありません。それぞれ時代にもまれながら、俳句形式と格闘しつつ、自分の世界を確立していったすぐれた作家たちです。人によっては批判がましいことを言ったりしていますが、それは敬意の裏返しだと思っていただけると有難いです。その業績のすべてにまんべんなく触れるというわけにはいきませんから、あるエピソードや事象に絞って光をあて、そこから間接的にその人の全体像を浮かび上がらせるという方法をとりました。

本書は小学館のホームページ「日国ネット」で、二〇〇四年から〇六年にかけて連載した「俳人目安帖」に大幅に加筆したものです。連載中は村井康司さんにたいへんお世話になりました。そして本書のコーディネイトとイラストを引き受けてくれたナムーラミチヨさん、装丁の太田竜郎さんにも感謝です。

平成二五年　季春　中村　裕

中村裕

１９４８年北海道美唄市生まれ。フリーランスの編集者、ライターとして平凡社、文藝春秋、小学館などの各種書籍、雑誌、国語辞典の企画制作に携わる。著書に『ビジュアル・コミュニケーション』（ダビッド社）、『やつあたり俳句入門』『俳句鑑賞４５０番勝負』（ともに文春新書）、『名句で味わう四季の言葉』『究極の日本語クイズ』（ともに小学館）など。近著に『疾走する俳句 白泉句集を読む』（春陽堂書店）。俳句は三橋敏雄に師事。句集に『石』（鞦韆堂１９９７年刊）がある。「鏡」同人。

ナムーラミチヨ

１９４８年横浜市生まれ。主な活動に『三橋敏雄俳句いろはカルタ』企画制作。発行所となる「書肆まひまひ」を設立（２０００年）。ドイツの現代アート・マガジン〝PLANTSÜDEN〟に独語翻訳者を得て俳句60句を発表。赤ちゃんのダダイズム絵本『だっだぁー』（主婦の友社）とフランス語版〝dadaaa〟(L'ecole des loisirs) などがある。近著に『からだドックンドックン…』（赤ちゃんとママ社）。

俳人合点帖

2013年 4月20日 初版第一刷 発行

著 者 中村 裕

発行者 和田佐知子
発行所 株式会社 春陽堂書店
〒103-0027
東京都中央区日本橋3-4-16
電 話 03(3815)1666
URL http://www.shun-yo-do.co.jp

画 ナムーラミチヨ(書肆まひまひ)
装 丁 太田竜郎(CROSS)
印刷製本 惠友印刷株式会社

ISBN978-4-394-90299-7